이제는 함께 살아보기로 했다

이제는 함께 살아보기로 했다

트라우마와 삶 사이, 멈추지 않고 걸어온 기록

초 판 1쇄 2026년 02월 05일

지은이 이안나
펴낸이 류종렬

펴낸곳 미다스북스
본부장 임종익
편집장 이다경, 김가영
디자인 임인영, 윤가희, 윤영빈
책임진행 이예나, 안채원, 김은진, 국소리, 송가희, 이지영

등록 2001년 3월 21일 제2001-000040호
주소 서울시 마포구 양화로 133 서교타워 711호, 808호
전화 02) 322-7802~3
팩스 02) 6007-1845
블로그 http://blog.naver.com/midasbooks
전자주소 midasbooks@hanmail.net
페이스북 https://www.facebook.com/midasbooks425
인스타그램 https://www.instagram.com/midasbooks

ISBN 979-11-7355-703-3 03810

값 **17,500원**

🏃 **미다스북스**는 다음세대에게 필요한 지혜와 교양을 생각합니다.

이제는 함께
살아보기로 했다

이안나

트라우마와 삶 사이,
멈추지 않고 걸어온 기록

미다스북스

프롤로그

문 너머의 세계에서 살아남았다

1장

공포를 처음 배운 아이

2장

문을 열 때 찾아온 것들

프롤로그

문 너머의 세계에서
살아남았다

안전하지 않은 세상에서 나는
너무 일찍 혼자 살아남는 법을 배웠다.

세상은 문틈으로 다가왔다.

　문을 닫는 일도 여는 일도 나는 혼자 배워야 했다.

　말하지 못한 시간이 있다. 멀쩡해 보였던 날들 속에는 겁에 질린 아이의 소리 없는 외침이 있었다.

　이 책은 드러내거나 들킬 수 없었던 이야기이자, 더는 같은 방식으로 숨고 싶지 않아 남겨두는 기록이다.

　어린아이였던 나는 세상이 안전하다고 믿고 싶었다. 하지만 그 믿음은 새어 들어오는 불안 앞에서 오래 버티지 못했다.

　엄마가 돌아오지 않는 밤이면 동생과 단둘이 집에 남겨졌다. 벨 소리가 울릴 때마다 우리는 숨을 죽였다.

엄마의 말이 떠올랐다.

"절대 문 열지 마."

문밖에서 들려오는 웃음소리와 발소리, 알 수 없는 기척들.

세상은 어린 자매에게 너무 가까이 있었고 너무 쉽게 우리의 영역을 침범했다.

집 밖의 폭력은 학교에서도 그 모습을 드러냈다. 누군가 맞고 울면 그 옆에서 내가 두려웠다. 그러면서도 그 장면이 익숙했다.

나는 보호받는 아이가 아니라 누군가를 지켜야 하는 아이였다.

1
장

공포를
처음 배운 아이

폭력은 직접 겪지 않아도
하루 전체를 삼켜버린다.

문
　닫는 법을
먼저
　배웠다

　마흔이 되었다.

　나는 아직도 여러 번 도망치면서 살아온 기억 속에 있다.

　처음 배운 두려움은 하나의 사건이 아니라, 늘 머물던 자리에서였다. 폭력은 한 장면으로 끝나지 않고 공기처럼 늘 곁에 있었다. 언제 터질지 모르는 기척이 하루를 채웠고, 두려움은 말보다 앞서 모습을 드러냈다. 눈을 피했고 숨이 가빠졌고 작은 몸은 점점 굳어갔다.

　위험을 감지해야 하루를 무사히 지나갈 수 있었다. 나는 이 소리와 침묵이 안전한지 끊임없이 확인하며 시간을 보냈다. 나에게 필요했던 것은 단지 아무 일 없이 흘러가는 순간들이었다. 하지만 내 세계에는 그것들이 부족했다.

열 살의 나는 이미 최악의 상상부터 준비하던 아이였다.

내 방 창문은 1층 긴 복도 쪽에 있었다. 하루에도 몇 번씩 동생과 함께 들려오는 소리에 들키지 않게 밖을 내다보았다. 내가 얼굴을 숨겨도 밖에서는 머리카락이 보일 거라는 생각은 하지 못했다. 문이 닫히는 소리나 웃음소리가 스쳐 지나가도 그 너머의 그림자를 떠올렸고 확인했다.

초등학생이던 나는 겨울밤 늘 동생과 단둘이 집에 남겨졌다. 지켜지는 대신 동생과 나를 지키는 역할을 맡았다. 그것을 거절할 수 있는 선택지가 없었다.

엄마가 돌아오기 전까지 우리는 귀를 곤두세운 강아지처럼 모든 소리에 반응했고, 벨이 울리면 숨을 멈춘 채 서로를 바라봤다. 그 시간에는 움직이지 않는 것이 가장 안전했다. 엄마는 말했다.

"어떤 소리가 들려도 절대 열면 안 된다."

심장 소리를 숨겼고 숨소리라도 들릴까 봐 동생의 입을 손으로 막았다.

벨이 울리면 나는 문에서 몇 걸음 떨어져서 말했다.

"누구세요."

누구라고 말하든 어떤 목소리든 상관없이 나는 큰 소리로 외쳤다.

"어른 안 계세요."

이렇게 말하면 문을 열지 않아도 되었다. 처음엔 바깥에 들리도록 소리치는 일이 부끄러웠지만, 그 말은 나를 안쪽에 머물게 해주었다. 그래서 벨이 울릴 때마다 같은 순서를 반복했다. 그런 날들 동안 나는 문을 열지 않은 채로 남아있었고, 그곳에서 시간을 보내는 일이 익숙해졌다.

낮에 바라본 집은 평범한 공간 같았지만, 밤이면 바깥의 모든 소리가 몇 배로 커져 심장에 직접 닿는 것만 같았다. 문 밖에서 알 수 없는 생명체가 말을 걸어오는 것처럼 소름이

돌았다. 일층 우리 방에는 가로등에 반사된 그림자가 지나다녔다. 커다란 괴물 같았다.

우리는 밤마다 불을 켜두고 잤다. 빛이 있어야 세상이 우리를 삼키지 못할 것 같았다.

가끔 잠들었던 동생이 깨서 우는 새벽이면 누구에게 전화를 걸어야 할지 몰랐다. 다시 잠들 때까지 이웃들에게 소리가 들릴까 봐 방문을 꼭 닫고 동생에게 울지 말라는 말만 반복했다.

어떤 날은 티브이를 켜둔 채로 잠이 들었는지 검은색과 흰색이 섞인 화면이 쉴 새 없이 지지직거리는 소리를 내고 있었다. 티브이를 끄면 적막이 가득한 집안은 서늘해졌고 거실은 조금 더 넓어지는 것 같았다.

토요일이라 수업이 일찍 끝난 날, 시끌벅적한 하굣길에 친구들 몇 명과 떡볶이를 사서 집으로 왔다. 집 앞 놀이터에는 아이들의 들뜬 소리가 가득했고 아는 얼굴들도 보였다.

얼마쯤 지났을까, 동네 남자아이들이 몰려와 문을 부술 듯 두드렸다. 누군가는 주먹으로 누군가는 막대기로 문을 쳤고 그 소리가 쉴 새 없이 집 안을 채웠다. 반복해서 울리는 벨 소리에 집안의 움직임이 멈췄다.

처음에는 장난처럼 웃음소리와 발소리가 섞여 있었다. 문을 열라는 외침이 들려왔고, 우리는 방 한구석에서 창문을 잠근 채 숨을 눌렀다.

그때 우리 중 한 명이 수화기를 들고 학교에서 배운 대로 위급할 때 누르라던 번호를 눌렀다.

"집에 애들이 와서 문을 막 두드려요."

아무리 기다려도 경찰은 오지 않았다. 그날 문 앞은 끝내 조용해지지 않았다.

아이들은 어느 순간 흩어졌고 밤은 아무 일도 없었던 듯 조용해졌다. 나는 몇 번이나 현관문이 잠겼는지 확인하며 문 손잡이를 잡아당겼고, 잠금쇠와 보조키까지 잠갔다. 그 기억은 오래 남았다. 이후에도 비슷한 방식의 두려움은 장소를 바꿔가며 이어졌다.

공포는 학교에서도 다른 모습으로 반복되고 있었다. 누군가의 뺨이 내 눈앞에서 얼굴보다도 커다란 손에 의해 붉게 달아올랐고, 교실은 그 장면에서 정지된 듯 얼어붙었다. 아이들은 고개를 숙이고 몸을 움츠렸다.

어느 날 "눈을 감고 오락실에 간 사람 손들어봐."라는 말에 여러 번 망설였다. 손을 들면 정지됐던 그 장면 안으로 내가 들어가게 될 것 같았다. 나는 손을 들지 않았다. 쿵쾅거리는 심장이 나를 막아 세웠다.

친구 집에 놀러 간 날, 그곳에서도 폭력은 숨지 않았다.

네 살 정도 되어 보이는 아이 셋이 어린이집에서 돌아온 참이었다. 친구의 남동생은 그중 한 아이를 아무렇지 않게 발로 차 문까지 날려버렸다.

다른 아이들은 친구와 함께 방에 들어갔다. 이내 고함과 울음이 문틈을 흔들며 새어 나왔다. 문이 열리자 철사로 만든 구부러진 옷걸이가 눈에 들어왔다.

그 집에서의 폭력은 이미 일상이 되어있었다. 나는 그게

이제는 함께 살아보기로 했다

누구 때문인지 짐작할 수 있었다.

　네 살에게는 열세 살이 커다랗고 무서운 존재였다.

　그리고 열세 살에게는 부모에게서 시작된 폭력이 익숙해
지며 아이들의 놀이가 되어버렸다.

　그날의 기억이 너무 또렷해서 그 친구의 얼굴을 볼 때마다
떠올랐다. 무기력이 무엇인지도 모르는 채로 그저 두려움으
로 숨을 삼켰다. 어떤 집은 좀 더 어두웠고 어떤 울음은 더욱
가까이 들렸다.

　문밖의 세상은 생각보다 위험하다는 사실을 나는 일찍 알
았다.

　폭력은 누군가의 손에서 시작됐고, 나는 늘 그 옆에서 숨
을 죽인 채 서 있었다.

　공포를 처음 배운 나이와 그것을 감당해야 했던 나이는 같
지 않았다. 때리는 어른뿐만 아니라 잘못을 지적하고 화를
내는 어른은 곧 어떻게 변할지 알 수 없었다.

나는 언제부턴가 예측 가능한 것에서만 안정감을 느꼈다. 주변을 살핀 뒤에야 웃었고, 안전한지 확인한 후에야 장난을 쳤다. 그렇게 점점 나서지 않는 조용하고 무난한 아이가 되어갔다. 앞서 나가지 않고 늘 뒤에서 느리게 걸었다.

엄마가 밤새 근무하던 어느 날 밤, 나와 동생은 친구 집에서 자기로 했다. 내복 바람에 한껏 들뜬 마음이 가라앉지 않아 오랫동안 깔깔거리고 웃던 아이들은 우리가 누워있던 방 밖으로 불려 갔다. 문이 닫혔고 잠시 뒤 아이들은 울며 돌아왔다. 부당한 일은 아니었다. 그런데 나와 동생만 제외된 것 같아 더 미안하고 겁이 났다.

나는 문 닫는 순서를 정확히 알고 있었다. 불을 끄고 소리를 줄이고 마지막으로 숨을 낮췄다. 문 닫히는 소리는 늘 크게 들렸다. 그 소리가 나면 세상은 잠시 멈췄다. 안과 밖이 분리되었다는 확신이 들었다. 아무 일도 일어나지 않은 밤에도 그것을 끝까지 느끼는 데는 생각보다 많은 시간이 필요했다. 밤이면 더 또렷해지는 고양이 울음소리를 한참이나 듣고

이제는 함께 살아보기로 했다

있었다. 여러 번 반복했는데도 귀는 밖을 향한 채 잠긴 문을 떠올리며 잠이 들었다.

집에 혼자 있는 날이면 현관 앞에서 한 번 더 멈췄다. 발소리는 없는지 엘리베이터 소리는 멀어지는지 확인한 뒤에야 문을 열었다.

어른들에 의하면 나는 조심성 많고 말 잘 듣는 아이였다. 괜찮아도 되는 순간에도 괜찮지 않은 쪽을 먼저 떠올렸다. 나는 늘 대비하고 있었다. 그것이 나를 지켜줄 거라고 믿었다. 그 믿음은 오래된 방식 안에서 단단해졌다.

학교에서 배우는 것과 집에서 지켜야 하는 것은 달랐지만 하나는 같았다. 문제에 끼어들지 말고 눈에 띄지 말아야 했다. 공포를 처음 배운 아이는 울거나 기대하지 않는 아이로 자랐다.

그렇게 어른이 된 후에도 나는 한 번 더 문턱에서 멈춘다. 이미 안전한 공간에 있으면서도 쉽게 믿지 못한다. 소리가 새어 나오지는 않는지, 내가 드러나 있지는 않은지 다시 확인한다. 신중하다는 것이 지금의 내 모습을 설명하는 말이라고 생각했다. 하지만 그것은 문을 닫아야만 하루를 버티던 아이가 여전히 같은 방식으로 지내는 것이었을 뿐이다. 문을 열어도 괜찮아지는 데는 훨씬 더 많은 시간이 필요하다는 것을 나는 마흔이 되어서야 조금씩 알게 되었다.

이제는 함께 살아보기로 했다

어른이
오지
않는
밤

울음을 들키지 않는 법부터 배웠다. 도움을 기대하기보다 내 안의 문을 닫아두었다.

어른이 언제든 나를 도와주러 올 거라는 생각은 오산이었다. 오지 않거나 늘 너무 늦었다.

아이들 사이에는 규칙이 생겼다. 문제가 생기면 어른에게 알리지 않는다는 것. 대신 들키지 않게 상황을 줄이는 방법을 함께 떠올렸다.

쉬는 시간에 아이들끼리 싸운 일이 있었다. 쿵 하고 부딪히며 책상 위의 물건들이 바닥으로 떨어지고 의자는 나뒹굴었다. 다행히 크게 다친 아이는 없었다. 우리는 울타리를 치듯 싸우는 아이들 주위에 섰고, 누군가는 복도를 내다보며 선생님이 나타나는지 확인했다. 씩씩대며 우는 아이가 얼른 울음을 그치기만 기다리며 마음이 다급해졌다. 선생님이 알게 되는 순간이 우리에게 가장 무섭고 불편한 일이었다.

쉬는 시간이 끝나자 책상과 의자는 제자리에 놓이고 교실은 다시 평화로워진 것처럼 보였다. 실제로 그런지는 상관없었다. 이 시간을 조용히 넘겨야 했을 뿐이었고 우리는 성공했다. 문제를 해결하는 것보다 문제가 있었던 사실을 들키지 않는 게 더 중요했다. 어른이 나타나면 상황이 더 복잡해질 거라고 믿게 되었다.

나는 자주 넘어지고 다쳤다. 놀이터 담장을 넘어 다니고 미끄럼틀 꼭대기 난간에 위태롭게 올라서도 위험하다고 말해줄 어른은 없었다. 팔꿈치와 무릎엔 매일 새로운 상처가 생겼다. 울어보기도 했지만 달라지는 건 없었다. 그래서 혼자 물로 상처에 달라붙은 흙을 닦아내고 연고를 바르고 다시 나가 놀다 보면 날이 저물었다.

그 상처들은 밤이 되면 더 쓰라렸다. 엄마에게 말해볼까 생각했지만, 아침이 오면 말해야지 하다가 늘 그렇게 잊어버렸다. 그러는 사이 상처는 딱지가 되었고 딱지는 흉터로 남았다가 그 흉터마저 흐려지기를 반복했다.

"찍힌다."

상급생이 괴롭힐 대상을 찾았다는 뜻의 그 단어만으로도 무릎이 떨렸다. 나는 늘 생각했다.

'오늘은 내 차례가 아니었으면.'

그러면서도 어른들에게 그런 것에 대해 알릴 생각은 하지 않았다.

학교에서 배제당한 경험은 아이의 고민에 어른이 개입하지 않는다는 사실을 또 한 번 알게 했다. 우리 반에는 친구

열 명의 무리가 있었다. 함께 모여서 간식을 먹으며 문제집을 풀었다. 누구도 튀거나 뒤처지지 않는 틈에서 나는 조용히 자리를 지켰다.

어느 날, 그중 한 친구가 다른 친구에게 말했다. 나를 모임에서 제외한다고. 이유도 설명도 없었다. 왜인지 물어볼 수가 없었다. '따돌림'이라는 단어가 내 얘기가 된다는 상상만으로도 무섭고 부끄러웠다. 애써 생각하지 않으려 해도 눈물이 찔끔 나서 입술을 꽉 다물었다.

그 뒤로도 아무렇지 않은 척 무리에 섞여 같이 웃었다. 하지만 내게는 다음 모임에 대한 소식이 들려오지 않았다.

그때도 나는 상처를 느끼는 대신 회피하기를 선택했다. 이유 없이 밀려난 자리는 어린 맘을 뒤흔들었다. 괜찮은 표정을 지어 보였지만 누구보다 겁먹고 있었다.

내가 무엇을 잘못했는지 알 수 없다는 사실이 나를 움츠러들게 했다. 어디에서부터 잘못된 걸까. 내가 너무 말이 없어

이제는 함께 살아보기로 했다

서일까. 아니면 그 반대일까.

답을 찾으려 할수록 마음은 더 깊이 숨었다. 그 시간의 이유를 찾아내려 애쓰는 것이 아니라 도망치듯 물러나는 게 그때는 최선이었다.

어른이 된 이후에도 그날이 기억날 때가 있다. 긴 휴가 후 복직을 해서 회사에 첫 출근을 한 날이었다. 그런데 잠시 일로 자리를 비운 사이 모두 사라졌다. 곧 점심시간인데 혼자 남겨졌다는 것이 나를 위축되게 했다. 동료들에게서 배제되었다는 느낌이 또 나를 아무렇지 않은척하게 만들었다.

그때의 선택들이 아직도 내 방식으로 남아있다는 것을 훨씬 나중이 되어서야 알게 되었다. 아무도 나를 밀치거나 등 돌리지 않았지만, 주변의 침묵이라는 방향은 같았다.

나는 그 안에서 말을 덜 하고 웃음을 거두기를 선택했다. 그렇게 하면 사람들 속에서도 상처받지 않고 조용히 서 있을 수 있었다. 동시에, 혹시 모를 상황을 생각하며 마음을 접어 두었다.

도움을 요청해야 할 순간에도 혼자 해결할 수 있는지를 먼저 떠올렸고, 그렇게 해서 나는 기대하지 않는 쪽을 택했다.

　어른이 오지 않는 밤은 이렇게 지나가지 않고 삶에서 반복되었다. 설명이 필요한 상황이 있었다. 업무가 과도하게 몰렸고 감당하기 어려워졌다. 주변에서도 힘들어 보인다며 도울 일 있으면 알려달라고 했지만 내 입에서는 계속해서 괜찮다는 말만 나왔다. 사회생활을 하면서 가장 많이 한 말이었다.

　괜찮다는 말은 문제를 해결하지는 못했지만, 더는 묻지 않게 만들기에는 충분했다. 누구에게도 부담을 주지 않고도 관계를 유지할 수 있는 말이었다.

　그때 이미 상황은 내 능력 밖으로 흘러가고 있었다. 일은 줄지 않았고 기한이 다가올수록 마음은 초조해졌다. 결국, 완성도가 부족한 채로 일을 급히 마무리 지어야 했고 결과는 좋지 않았다.

　그 과정에서 누가 무리해야 했는지나 도움이 필요했는지

에 대해서 알고 싶은 사람은 없었다. 다음에는 어떤 부분을 개선해야 성공한 업적으로 돌아올지가 더 중요한 일이었다.

그때에도 나는 이유를 설명하지 않았다. 설명하면 내가 괜히 일을 키우는 것 같을까 봐 입을 다물었다. 그런 선택은 내게 유익하지 않았다. 아무 도움도 받지 못하는 상태로 남겨지게 될 뿐이었다.

도움을 받았다면 더 쉬었을지도 모른다. 하지만 내게 그런 일은 익숙하지 않았다. 기다려도 도움이 오지 않거나 도움을 거절당하는 것이 오히려 익숙했다. 그것은 나를 혼자서도 잘 해내는 사람처럼 보이게 했다.

실제로도 그랬다. 야근이 늘어나도 아파도 마음이 다급해도 모든 걸 혼자 해결했다. 정말 괜찮아서가 아니었다. 그러나 괜찮다는 말은 대화를 끝내기에도 유용했다. 그 학습의 결과는 나의 성격처럼 자리 잡아 버렸다. 그래서 이제는 선택이라기보다 반사처럼 괜찮다는 말이 나온다.

1장 • 공포를 처음 배운 아이

어른이 되어도 필요한 순간에 나를 도와줄 어른은 나타나지 않았다. 이미 상황이 지나가고 어느 정도 망가져 있을 때 나타나기도 했다.

고치는 것은 그들이 할 수 있는 영역이 아니었다. 적절한 때에 요청하지 못한 나와 기다려도 오지 않는 그들 사이에서 삶의 많은 순간이 아쉽게 흘러갔다.

어른이 오지 않는 밤에는 스스로 조용히 숨는 것이 가장 좋은 방법이었듯 어렸을 때의 배움은 아직도 내게 남아서 쉽게 사라지지 않았다. 오랫동안 나는 어른이 오지 않는 밤의 문제가 아니라 그 안에서 변해간 나의 문제라고 생각했다.

혼자 문을 지키는 것을 성숙하고 책임감 있는 행동처럼 여겼다. 누군가에게 기대고 싶어질 때마다 나는 나를 멈춰 세웠다. 도움이 없어도 하루하루가 그렇게 이어졌다. 겉으로는 아무런 문제도 찾을 수 없어 보였다. 나는 그 안에서 더 조용히 머물게 됐다.

누군가 내게 다가올 때 나는 미리 선을 정해두고 상대방을 대했다. 부담을 느끼지 않게 배려하는 것이었는데 나와 상대방의 거리는 상대적인 것이었다. 나는 충분하다고 여겨도 상대방은 내가 늘 몇 걸음이나 떨어져 거리를 둔다고 생각하는 것이었다.

반대로 말하면 나는 상대방이 내게 요구하지 않을 만큼만 허용해 주고 있던 것이었다. 함께 식사하자는 말을 듣지 않도록 나도 그 말을 꺼내지 않는 것처럼 단순하고 이상한 계산이었다.

회사에서 가까이 지내던 후배가 떠나면서 정성스러운 편지를 건넸다. 하지만 떠난 후에 나는 연락하지 않았다.

그렇게 떠나간 사람들을 하나씩 내 일상에서 지워왔다. 미안한 마음이 들기도 했다. 그래도 기대는 늘 무너졌고, 나는 실망을 앞당기지 않으려 했다.

도와주고 도움받는 것은 불편하고 힘든 일이었다. 그 밤을 핑계 삼아서 나는 누구도 내게 기대지 않기를 바랐다.

학교
　　　라는
새로운
　　　경계선

　문을 열면 다가오는 세상은 내게 두려움이 되었다. 나는
문턱 앞에서 늘 멈춰 서야 했다.

　학교에서도 그 방식은 똑같았다. 중학교에 들어가면서 폭
력은 한 걸음 더 가까워졌다.

　쉬는 시간이면 우리 학년의 일진들이 복도에 늘어서 있었
다. 선배 일진들이 계단을 내려올 때는 허리까지 깊이 머리
를 숙여야 그 시간이 지나갔다. 그 사이를 지나서는 화장실
조차 갈 수 없는 위압감이 느껴졌다.

누구도 설명해 주지 않았지만 누가 강한지 누구를 피해야 하는지 알아차려야 했다. 학교는 나를 보호해 주지 않았다.

그곳은 늘 같은 모습이었지만 분위기는 달라졌다. 쉬는 시간에 아이들 무리에게 불리기라도 하는 날이면 교실 밖에서 어떤 위협을 당하고 올지 알 수 없었다. 눈이 빨개져 있으면 울고 왔다는 걸 굳이 묻지 않아도 알 수 있었다. 불려 간 아이는 무슨 규칙을 어긴 걸까. 궁금해하는 대신 나는 빨리 상황을 읽고 스스로 낮추기로 했다.

그들은 자주 교실 문을 벌컥 열고 들어왔다. 그리고는 아무렇지 않게 돈을 가져갔다. 그러다 눈을 마주친 한 친구의 표정이 마음에 들지 않는다며 오래도록 협박을 하고 떠나갔다. 그 친구의 교복 왼쪽 가슴에 붙은 이름표를 가려주고 싶었다.

일진 여학생들이 얼굴을 다 가리는 마스크를 쓰고 교실로 들어오며 흥분한 소리를 쏟아냈다. 다른 학교와 패싸움을 벌였다는 얘기였다.

폭력은 그들의 무용담이었다. 턱밑으로 내린 마스크 너머로 퉁퉁 부은 뺨, 짙은 멍이 든 광대, 터진 입술이 말하지 않아도 그 순간이 얼마나 잔혹했을지 짐작하게 했다.

어느 날에는 일진 중 한 명이 메신저로 쪽지를 보내왔다. 사귀자는 말에 무서워 겨우 대답했을 뿐인데 다음 날 나는 문구점에서 일진들에게 구경하듯이 둘러싸였다.

주인조차 날 구할 수 없다는 걸 알았다. 어른이 우리의 세계에는 없다는 것을 확인했던 순간이었다.

공원으로 떠밀리듯 따라갔다. 교복을 입은 채 담배를 가지고 장난치는 무리 속에 얼어붙은 채 서 있었다.

운이 좋았던 걸까. 그 아이는 금방 다른 여자애를 찾아 떠나갔다. 혼란스러운 안도감이 찾아왔고 나는 내 발끝만 바라보았다. 그날 이후로 안전은 우연히 주어지는 게 아니라 조심해서 겨우 유지된다는 것을 알게 되었다.

중학생 시절의 친구 관계는 늘 누군가의 희생 위에서 이루어졌고 같은 대상을 괴롭히면서 무리는 하나가 됐다. 왕따가 되는 이유를 찾는다면 오히려 더 잔인해졌다.

지저분하다. 공부를 잘한다. 그냥 싫다. 아무 말이나 폭력의 이유가 되던 때였다.

물건을 훔치는 것은 그 또래들 사이에서 잘못이기보다 놀이 같은 것이었고 자랑이었다. 그런 환경은 두려움으로 나를 숨게 했지만 숨는다는 것은 살아남기 위한 방식이었다.

경계선에 선 남학생은 친구들의 놀잇감이 되었다. 뺨을 맞고, 머리를 맞았고, 그들은 웃었다. 그 아이는 항상 팔로 얼굴을 가리려 했다. 그게 유일한 방패였다.

그 학교에서 버티는 법은 조용히 사라지는 것이었다. 폭력은 누가 휘두르는지보다 누가 외면하는지가 더 분명해 보였다. 그리고 그 모든 외면 속에서 나도 고개를 돌렸다.

같은 반 친구가 있었다. 어느 날, 담배를 피우다 아버지에게 들켰고 온몸에 멍이 들도록 맞았다. 뜨거운 한여름, 하복 교복 위에 검은 스타킹은 커다란 그 멍들을 가리는 유일한 방법이었다.

그리고 얼마 뒤 그 아이는 집을 떠났다. 딸이 사라지고 나서야 아버지는 깨달았을 것이다. 지켜내는 것이 잃어버리는 것보다 더 먼저였다는 걸. 학교에서는 누구도 사라진 친구에 대해 말하지 않았다.

어둑한 밤 창밖으로 보이던 럭비부실의 불. 그 불빛은 굳이 보지 않아도 누군가가 고통받는 날이라는 걸 말해주었다. 불빛 하나에도 내 심장은 깜짝 놀랐다.

학교에는 모두가 알면서도 모른 척하는 폭력의 장면들이 있었다. 그곳에서 나는 배우기보다, 고개를 숙이는 법을 익혔다.

나는 튀지 않는 아이였고 눈에 띄지 않았다. 그러나 그것이 늘 효과가 있던 것은 아니었다.

길을 걷다가 중학생 언니들에게 둘러싸여

"100원만 빌려줘."

라는 말이 떨어지면 엄마가 말한 대로 주머니 속의 동전을 모조리 꺼내주었다. 그들은 만족스러운 얼굴로 나를 보내줬다.

시내에 떡볶이라도 사 먹으러 나갈 때면 종종 돈을 뜯겼다. 나는 굽은 어깨 그대로 집으로 걸어갔다.

하굣길에 마주친 바바리맨은 뛰어가는 내 뒷모습을 향해 욕을 했다. 그 어디에도 나를 지켜줄 사람은 없었다. 다양한 모습의 폭력은 늘 곁에 있었고, 나는 언제든 희생될 수 있었다. 그 공포는 천천히 내 몸에 남았다.

나는 항상 다음 장면을 준비했다. 문이 열리면 어디로 숨을지, 눈을 마주치지 않으려면 시선을 어디에 둘지, 눈에 띄지 않으려면 어떤 표정을 지어야 할지를 생각했다. 그 모습이 어떻게 보이든 나는 안전한 쪽을 골랐다.

버텼다는 말은 그 나이의 나에게는 너무 큰 단어였다. 들키지 않고 부서지지 않고 하루를 지나고 싶었을 뿐이었다. 그 이상은 바라지 않았다.

그때의 학교에는 보이지 않는 경계들이 있었다. 넘어서는 안 되는 선이었고, 그 선을 밟는 것은 하루의 방향을 바꾸었다. 그것은 누구든 주목받게 만드는 일이었다. 모두가 드러내지 않아도 조심스러웠다.

그 시간을 사춘기 아이들이 흔하게 지나는 것으로 생각하는 사람들도 있었다. 또래들 사이에서 과하지도 않고 모자라지도 않게 보이고 싶은 아이들이었다. 아이들이 그런 규칙에 순응하게 만든 것은 두려움이었다. 지식을 배우기보다 그에 앞서 위험을 구분하는 법을 알게 되는 시간이자 경계를 익히는 곳이었다.

선생님이 어느 날 종이를 나눠주며 학교폭력에 대해 목격한 것을 적으라고 했다. 나는 앞자리에 앉아 있는 일진 아이를 바라봤다. 그 아이의 눈앞에서 종이에 뭔가를 적을 수 있는 사람은 없었다.

실제로 종이를 보지는 못했지만 우리는 아마 무언의 약속이라도 한 듯 빈 종이를 내고 우리 반에는 그런 일이 없는 것처럼 조용히 지나갔을 일이었다.

도와줄 어른을 기다리는 것보다는 폭력과 이어진 아이들의 눈에 띄지 않고 지나가게 만드는 방법을 생각해 내는 편이 더 안전해 보였다. 나뿐만 아니라 아이들 대부분이 그렇게 웅크리고 있었다. 그렇게 나는 그 환경에 맞춰 변해갔다. 적응은 조용한 방식으로 이루어졌다. 누가 시킨 것은 아니었지만 그렇게 해서 나는 계속 평범할 수 있었다.

가끔은 내가 다음 타겟이 될까 봐 마음졸이는 게 아니라 힘 있는 아이들의 일부가 되는 모습을 상상했다. 폭력의 가해자가 되고 싶은 것이 아니었다. 학교에서 웅크리지 않고 큰소리로 웃어도 되는 당당함이 부러웠다. 그러나 나는 학교에서 나를 드러내지 않고 무사히 지나가는 사람이 되기로 했다.

그때는 그것을 두려움이라고 부르지 않았다. 내게 남은 습

1장 ◦ 공포를 처음 배운 아이

관들은 교문 밖을 나선 후에도 쉽게 사라지지 않았다. 집으로 돌아가는 길에서도 주변을 살폈다. 어른이 된 후에는 사람이 많은 공간에서 출구부터 찾았다. 낯선 기척에 대비하는 일은 조심하는 데서부터 시작해 생활의 방식이 되었다. 안정감을 유지하려면 늘 그런 것들을 확인해야 했다.

크게 문제라고 느끼지 않았기 때문에 그 모습은 오래 남아 있었다. 한 번씩 지나간 그때가 떠오르면 학교에서 눈에 띄지 않은 것은 정말 잘한 일이었다는 생각이 들었다. 학교에서 배운 것 중 시선을 낮추는 법과 나서지 않는 법은 매일 내게 필요한 것이었다.

선생님이 알려주지 않았지만 우리는 언제 입을 다물어야 하는지, 언제 웃어도 되는지 약속한 듯 그 시간을 보냈다. 그래서 나는 맞지 않았고 이름이 불리는 일도 일어나지 않았다. 규칙을 어기는 아이와 한걸음 떨어져 있어야 한다는 것도 잘 알고 있었다.

집에서는 거대한 비밀을 공유하는 사람처럼, 학교에서는

아무 일 없는 듯 지내는 것이 중요했다. 점점 자라나는 몸을 작아 보이게 만들며 하루를 보냈고, 그 방식은 졸업 이후에 도 계속되었다.

우는 대신
감추기로
한
선택

밖에서는 잘 숨는 법을 배웠고 안에서는 안전하기를 기대하지 않은 채 나는 고등학생이 되었다.

그 무렵부터 집은 쉴 수 있는 따뜻한 곳이 아니었다. 아프거나 무너지지 않은 척해야 하는 학교와 비슷한 곳이 되어갔다.

같은 해에 엄마는 암 진단을 받았고, 아빠는 혈액 투석 기계에 매달려 치료를 시작했다. 두 개의 기둥이 동시에 휘청이는 소리가 집 안을 울렸다. 크게 숨을 쉬면 그것이 두려움을 깨워버릴 듯한 적막이 흘렀다.

그렇다고 우는 것이 허락되지도 않았다. 그 울음은 시작이 되어 누군가를 더 아프게 만들 것이 분명했다. 그래서 나는 덤덤한 척하기로 했다. 세탁기를 돌리고 문이 잠겼는지 가스 밸브가 잠겼는지 확인했다. 닫힌 창문의 틈이 생기지 않았는지 보고 울음이 올라올 때마다 반복했다.

어느 날은 병원에서 돌아온 엄마가 반가웠지만 무슨 말을 해야 할지 몰랐다. 묻고 싶은 게 많았는데 한 마디도 꺼내지 않았다. 등을 돌린 채 컵에 물만 따랐다.

엄마의 부재 속에 한여름 두 벌뿐이던 교복 셔츠를 밤마다 손빨래해 걸어두었다. 아침까지도 마르지 않은 옷을 그대로 입었다. 축축한 촉감은 오후까지 남아있었다. 교복을 입고 거울 앞에 서면 들키지 않도록 너무 밝거나 어둡지 않은 표정을 지어보았다.

학교 화장실은 자주 담배 연기로 흐려졌다. 망보는 아이가 없는 줄 알고 무심코 들어갔다가 순식간에 얼어붙은 적도 있다. 나는 그 아이들에게 불리기라도 할까 봐 고개를 숙인 채 얼른 화장실 칸으로 들어갔다. 나가면서 쳐다보니 망보는 동안 자신도 친구가 된 듯 만족스러운 모습이 우스웠다.

쉬는 시간이면 여학생들 사이엔 주먹이 오가기도 했고, 일진은 내게 옷을 빌려달라고 요구했다. 그 모든 것이 중학교에서 이어진 폭력의 연장선일 뿐이었다. 나는 학교에서도 집에서처럼 감정을 드러내지 않았다. 설명할 필요가 없도록 겁먹은 표정도 짓지 않았다. 누구도 시킨 적이 없었지만 내가 할 수 있는 유일한 방식이기도 했다.

하루는 내게 이복형제가 둘이나 있다는 말을 들었다. 그들은 나를 만나고 싶다고 했다. 드라마에서만 벌어지는 줄 알았던 일들이 연달아 내 삶에서 일어났다. 물처럼 밀려든 혼란스러움이 마음을 적셨다.

나는 겉으로는 크게 드러내지 않았다. 아무리 놀랄 만 한 일도 누구에게나 한 번쯤 일어날 수 있는 일이라고 말했다.

따질 수도 없었다. 이미 현실은 너무 복잡해져 버렸고 그 안에서 나는 해야 할 일이 많았다. 우는 대신 조용해지기를 선택했다.

울지 않기로 한 것은 금방 익숙해졌다. 감정을 미뤄두었고 목이 잠기려고 할 때마다 다른 생각을 하거나 물을 마셨다. 슬픔이나 두려움은 밖으로 흘러나오지 않게 붙잡아두고, 드러낼 수 있는 표정만을 유지했다.

울지 않으면 괜찮아 보였고 사람들은 내게 관심을 두지 않아 자유로웠다. 마흔이 된 지금까지도 나는 사람들 앞에서 우는 모습을 보인 적이 없다. 감정이 차오를 때마다 그것을 눌러두었고, 그 순간은 통증처럼 느껴지기도 했다. 그 느낌도 결국은 적응이 되어갔다.

집이 버텨내는 것이 우리의 유일한 바람이 되었다. 아빠 사업이 부도나고 돈이 바닥나자 집은 우리만의 공간이 아니게 되었다. 낯선 사람들이 말도 없이 집으로 와 아빠를 찾았다.

때로는 한 명, 때로는 두세 명.

낮에 온 그들은 엄마를 만나고 가기도 했다. 나는 방문을 닫고 숨죽여 거실에서 들리는 말소리에 귀를 기울였다. 누군가는 벨을 누르고 한참을 응답 없는 문밖에 서 있기도 했다.

10년 가까운 시간이 흘렀는데도 여전히 나는 불을 끈 채로 창밖을 내다보며 집 밖에 머물던 낯선 그림자들을 숨죽여 지켜봤다. 그들은 바쁘게 전화 통화를 하기도 했다. 이내 포기한 듯 발소리가 멀어졌다. 집안에서 사람의 흔적을 지우는 데 성공한 것 같았다. 잠시 죄책감과 무서움이 겹쳐졌지만 이내 안심했다. 문이 열릴 것에 항상 대비해야 해서 집에서는 쉴 수 없었다.

하루는 하교 후 집에 돌아왔을 때 온 집안에 빨간딱지가 붙어있었다. 냉장고, 티브이, 익숙하게 벽을 차지하던 그림들 위에는 같은 색의 종이가 나란히 놓여있었다. 마치 있어서는 안 될 곳에 들어와 있는 기분이 들었다.

동산 가압류. 엄마의 한숨으로 집안이 가득 채워졌다. 나는 그 소리 속에서 아무 말도 하지 못했다.

　끝이 아니었다. 한 번 더 겪게 된 가압류. 집행하는 공무원 네 명이 들이닥쳐서 살아 있는 모든 것을 압류라는 이름으로 묶어버렸다.
　"컴퓨터는 학생들 가지고 놀게 돼요."
　그들 중 한 명이 말했다. 모든 것을 빼앗으면서 손에 쥐여주는 사탕처럼 그 장면은 모순 같았다.

　집은 더는 나를 품어주는 곳이 아니었다. 겉으로 보이는 나의 공간은 따뜻해 보였지만 안에서는 조용히 식어가고 있었다. 만지면 안 된다는 것을 알면서도 나는 평소처럼 집을 정리했다. 그래야 할 것만 같았다.

　우리 것이 아니게 되어버린 냉장고에서 반찬을 꺼내 저녁을 먹는 기분이 이상했다. 먹고 싶지 않았지만, 누구 하나 늘 하던 일을 멈추면 모두에게 특별한 날이 되어버릴 것 같아서 애써 입으로 음식을 가져갔다. 그날 집안에 남은 것은 물건

47
1장 ◈ 공포를 처음 배운 아이

이 아니라 감정을 숨기는 방식이었다.

　가난한 것은 불편했다. 그러나 친구들이 알게 되는 것은 상상할 수 없이 두려웠다. 브랜드 로고가 수놓아진 옷을 교복 속에 입은 날엔 자신 있게 웃을 수 있었다. 보이는 게 전부인 것 같은 사춘기 아이들 틈에서 낡은 속옷을 입고 있는 것은 잘 숨길 자신이 있었다.

　문제는 숨길 수 없는 순간들이었다. 학교에서 형편이 어려운 아이들에게 나눠주던 문제집은 표시였다. 왜 항상 그 이름들이 반복되는지 나와는 상관없는 척했지만, 그때마다 기분이 이상했다. 이름이 불리는 것이 모든 걸 설명해 주고, 곧 질문에 답해야 할 것이기 때문이었다. 그래서 외면했다. 없는 것을 채우지 않고 보이지 않게 만들었다.

　한 번 그렇게 넘어가고 만 게 아니었다. 그 이후에도 같은 방식으로 상황을 지나갔다. 불편함과 결핍은 얼마든지 참을 수 있었다. 그래서 끝까지 드러내지 않기를 선택했다.

그런데 어른이 되기 전에는 작았던 것들이 점점 감추기 어렵게 커졌다. 대학생이 되어 드문드문 떠나는 어학연수나 유럽 배낭여행을 가지 못하는 이유를 설명하기는 너무나 어려워졌다. 침묵으로도 되지 않았다.

해외 연수 합격자 명단에서 내 이름을 봤다는 친구가 있었다. 내가 포기한 사실을 모르는지 호들갑을 떨었다. 나는 설명 대신 그 관계를 포기해 버렸다.

대학교에 다니는 동안 열세 개의 아르바이트를 하면서 가난을 숨겼다. 그리고 위협이 될 만한 사람을 하나씩 내려놓았다. 그것은 오랫동안 나의 방식이 되어 자리 잡았다.

울지 않으려고 선택한 침묵과 회피는 나의 이야기를 점점 더 감추도록 만들었다. 감추는 것은 아무 일 없는 척하는 것이 아니었다. 이미 벌어진 일을 나 혼자만 알고 견디는 것이었다. 그래서 나는 시선을 피하는 법을 익혔다. 사람들의 표정과 말투를 읽고 그들이 원하는 방향으로 대화를 흘려보냈다.

때로는 사람들의 관심을 내게서 돌리고자 그들의 필요를

찾았다. 나의 오늘 하루에 관해 묻는 사람이 있다면 나는 그냥 괜찮았다고 말하고 재빠르게 화제를 상대방으로 옮겼다. 내게 관심이 머무르는 것이 불안했다. 그리고 어떻게 대답할지보다는 어디까지 말하지 않아야 하는지가 더 중요했다. 나는 그렇게 나를 드러내지 않는 연습을 반복했다.

　슬픔만 감출 수는 없었다. 결국엔 기쁨을 포함한 어떤 감정도 숨기게 되었다. 그것은 나를 눈에 띄지 않게 해주었지만 동시에 나를 더 혼자가 되게 했다.

　아무도 묻지 않도록 만들어낸 편안한 얼굴 뒤에서 나는 늘 혼자 문제를 해결하는 사람이 되어갔다. 누군가에게 기대는 상상이나 도움받을 수 있다는 가능성은 어느새 사라진 상태였다.

　그렇게 어른이 된 나는 아직도 언제 울어도 괜찮은지 알지 못한다. 결혼식장에서 신부가 눈물 흘리는 장면도 내게는 해당하지 않았고, 아빠가 떠나갔을 때도 나는 울지 않았다. 그 대신 감춘 것은 후회와 미안함이었다.

나는 그 시기를 문제로 인식하지 못한 채 다음 시간을 향해 걸어가고 있었다.

문을 열 때
찾아온 것들

문을 열자 세상이
내 안으로 들어왔다.

문
앞의
그림자

스무 살이 되던 해의 여름밤이었다.

집 안쪽도 안전한지는 알 수 없었다. 그래도 현관에 들어설 때까지는 아무 일도 일어나지 않을 거라고 믿고 있었다.

밤 9시였다. 길에는 사람들이 드물게 오갔고, 불 켜진 가게들 너머로 차들이 지나다녔다. 그 길목에 아파트 입구가 있었다. 학교에 다닐 때나 버스를 타러 갈 때면 늘 지나던 익숙한 길이었고 현관까지 얼마 남지 않아서 마음이 느슨해졌다. 나는 집에 가서 할 일들을 생각하면서 핸드폰을 보며 걷고 있었다.

내 반대 방향으로 한 사람이 지나가고 있었고, 다른 한 사람은 화단 앞에서 담배를 피우고 있었다. 그 장면에서 모든 게 정지됐다.

물고 있던 담배를 바닥에 탁 던지자 작은 불꽃이 흩어졌다. 나를 스쳐 지나간 그 사람은 담배 냄새가 밴 낯선 손으로 뒤에서 내 입을 막았다. 반대편 손으로는 마치 나를 감싸안듯 붙잡았고 턱밑으로 거센 팔이 느껴졌다. 손바닥 전체로 얼굴을 눌러왔다. 그 손에는 이상할 만큼 온기가 남아있었다.

"소리 지르면 칼로 찌른다."

귓가에 대고 분명하고 단호하게 내뱉은 그 말에 움직임이 멈췄다. 심장은 고막 속에서 쿵쿵 울렸다. 그 순간의 공포는 비명마저 잊게 했고, 오히려 침묵으로 다가왔다.

찔리더라도 일단 빠져나가야겠다는 생각이 들었다. 내 두 손으로 입을 막은 손을 치우려 힘주다 상처를 냈다. 순간 그 손은 나를 밀쳤고, 열려있던 조그만 흰 가방 안에서 물건들이 쏟아져 나왔다. 나는 온 힘을 다해 소리쳤다. 단어도 아니고 뜻도 없는 비명이었다.

곧바로 달려서 그 자리를 벗어나야 했다. 그런데 두 발이 바닥에 붙은 듯 움직이지 않았다. 마음은 그 밤에서 한참이나 돌아오지 못했다.

나는 그 사람의 얼굴을 바라봤다. 검은 모자를 눌러쓰고 숙인 얼굴, 검정 트레이닝복을 입은 마른 어깨. 핀 조명을 비추듯 또렷하게 드러난 그 모습은 오히려 평범해 보였다. 나는 바닥에 떨어진 핸드폰과 가방을 주웠다. 그리고는 빛이 있는 입구로 온 힘을 다해 달렸다.

몇 분이 지나갔는지 알 수 없었다. 시간이 앞을 향해 흐르지 않았다. 현관 번호 키를 누르는 시간이 유난히 길게 느껴졌다.

금방이라도 복도 저쪽 끝에서 다시 그림자가 나타날 것 같았다.

'우리 집을 기억하면 어떡하지.'

그런 생각이 스쳤지만, 몸은 멈추지 못하고 집을 향해 달려갔다. 불을 켜면 우리 집인 걸 알아버릴 것 같아서 방으로 가지 않았다.

물컵을 쥔 손과 온몸이 떨리면서 컵이 치아에 덜그럭거리며 부딪히는 소리를 냈다. 떨림이 멈출 때까지 물조차 마실 수 없었다. 먼 곳이 아니라 빛이 보이는 바로 여기가 가장 위험한 곳이 되었다. 나는 아주 분명히 느낄 수 있었다.

그날 밤 나는 한참 동안 잠들지 못했다. 불을 끄지 못하다가 늦은 새벽에야 잠이 들었다. 눈을 감으면 거센 손이 다시 입을 막을 것 같았고 손끝에 밴 담배 냄새가 떠올랐다.

그날 이후, 3년 동안 밤마다 악몽을 꿨다. 쫓기다 눈을 떠 보면 여전히 새파란 새벽이었다. 낮에 괜찮았던 모든 것들이 밤이 되면 얼굴을 바꿨다. 가로등 불빛과 창문 틈으로 들어오는 바람 소리 같은 것들이 그랬다.

여름에도 모든 창문을 단단히 잠갔다. 그렇지만 꿈에서는 그 문을 통해 자꾸만 누군가가 들이닥쳤다. 그리고 내가 그 문으로 도망치기도 했다.

대낮에도 수십 번 뒤를 돌아보며 걸었고, 반대편에서 걸어 오는 사람의 손을 살폈다. 그 손에 뭔가가 들려 있으면 더 경 계하며 가장자리로 걸음을 옮겼다. 대부분 핸드폰이었지만 그 사실이 나를 안심시키지는 못했다.

택시는 탈 수 없었다. 닫힌 차 문 안에서 낯선 사람과 단둘 이 있는 공간이 나를 조여왔다. 가장 위태로운 순간은 늘 현 관문 앞이었다. 도어락 번호를 누르는 몇 초 동안 복도 끝이 길게 늘어졌고, 문이 잠기는 소리가 들려야 안도한 한숨이 나왔다.

어둠과 같은 색의 옷이 그림자처럼 기억에 남았다. 나는 집 앞에만 서 있어도 심장이 쿵 떨어졌다. 숨이 가빠지고 시 야가 좁아졌다. 문손잡이가 흔들리는 모든 순간, 나는 도망칠 경로를 머릿속에 그렸다.

　지켜줄 사람 대신 호루라기를 늘 지니고 다녔다. 밤이 어두워지면 집 안에서 한 발자국도 나갈 수 없었다. 검은 모자에 검은 운동복을 입은 사람은 어디에나 있었다. 강아지와 산책을 하다가도, 학교에 다녀오는 버스 안에서도 갑자기 나타날 것 같았다.

　아직도 기억을 떠오르게 하는 문 하나가 내 안에 열린 채로 남아있었다. 나는 문밖의 세상을 경계했다.

　내가 갇혀버린 기억에서 걸음을 옮겨 나올 수 있게 된 것은 안전을 여러 번 확인할 수 있었기 때문이었다. 그 역할은 엄마와 강아지가 해주었다.

　버스정류장에서 내려 집으로 향하는 길에는 꼭 지나야 하는 외진 골목이 있었다. 집까지 가는 길이 멀게만 느껴졌다. 깜깜한 어둠이 내리면 가로등이 비추는 그 길을 지나기가 몇 배는 더 어려워졌다.

　그런데 어느 날부터 엄마와 강아지가 건널목 건너편에 서 있었다. 나는 어렴풋하게 그들을 알아봤고, 그 장면은 오래 남았다. 내가 어느 길을 걷는지조차 의식되지 않았다. 처음이었다. 한참 지난 후에는 그곳에서 멀지 않은 곳에 CCTV가 설치되었다.

나는 몇 가지 방법을 생각해 냈다. 어두운 길을 지날 때는 무조건 달렸다. 골목이나 엘리베이터 앞에 나 말고 한 사람이 있을 때는 그 사람이 지나갈 때까지 기다렸다.

사람들은 시간이 지나면 괜찮을 거라고 했지만 그 시간의 길이가 얼만큼인지는 말해주지 않았다. 나는 같은 길을 지날 때도 두리번거렸고 닫힌 문을 반복해서 바라봤다. 그렇게 시간을 보내는 것이 당연한 줄 알았는데 정작 기억은 흐려지지 않았고 반복하는 습관만 남았다.

사람들은 나를 지나치게 조심스러운 사람 같다고 했다. 일일이 설명할 필요를 느끼지는 않았다. 기억에서 그날 그 밤을 다시 꺼내고 싶지 않았다.

밤에 문밖을 나설 때마다 여전히 세상은 위태로워 보였다. 나는 문 앞에 잠시 멈춰 서서 문을 열고 복도를 한 번 더 확인했다. 밖으로 나가는 것은 다시 위험 속으로 걸어 들어가는 느낌과 비슷했다. 그래서 머뭇거렸고 문 안에 오래 머물수록 안전하다 느꼈다. 문밖은 늘 예측할 수 없는 곳이었다. 누가 문을 두드려도 열지 않던 아이는 어른이 되어서도 같은 방식으로 살아남고 있었다.

나에게 회복은 오늘은 괜찮은지를 반복해서 확인하는 과정이었다. 세상을 향해 마음을 여는 일은 여전히 어려웠다. 대신 더 밝은 곳과 사람이 많은 곳을 찾았고 타인과의 거리를 유지했다. 그렇게 하면 큰일이 일어나지 않았다. 그 상태를 유지하려고 나는 여러 번 확인하고도 매번 다시 확인했다.

집 안에만 머물러 있을 수는 없었다. 문은 더 이상 단순한 출입구가 아니었다. 나를 지키는 선이자 세상과 나를 가르는 선이었다. 그 밖으로 나갈 때마다 모든 감각을 곤두세워야 했다. 조심스럽고 신중하게 보이는 것이 꼭 나쁜 것만은 아니었다.

어둠을 피하고 밝은 곳을 고르며 나는 나를 움직이기로 했다. 누군가에게는 느리고 답답해 보이더라도 더는 머물러 있지 않기로 했다. 매번 완벽한 확신은 없었지만 나는 문을 열었고 발을 딛고 걸음을 옮겼다.

나는 밤마다 동생을 데리러 다녔다. 불 꺼진 중학교 정문을 지나야 했고, 그 길을 그냥 걸을 수는 없었다. 모자를 눌러쓰고 커다란 잠바를 입고 헐렁한 바지로 나를 숨겼다. 그리고 언제든 달려갈 수 있도록 운동화 끈을 조였다. 남자처럼 보이고 싶은 나의 노력이 우스꽝스럽기도 해서 동생과 함께 웃었다. 그 웃음이 모든 것을 낫게 하지는 않았지만, 문밖의 세상에도 나를 붙잡아 주는 손이 있다는 걸 느꼈다.

어른이 되어 처음 문을 열자 찾아온 것은 나의 기대와 달랐어도 조심스럽게 예전의 나에게로 다가가고 있었다.

내게 다가오는 세상이 늘 어둡기만 하지는 않을지도 모른다는 생각이 아주 잠시 나를 지나갔다.

술에
취한
어른들

어른들의 술 냄새는 문틈을 넘어 일상 곳곳으로 퍼졌다. 그 냄새는 단순한 취기에서 나온 것이 아니었다. 집 안의 분위기와 사람의 표정을 굳게 만드는 신호였다.

그 시절 나는 술에 취한 어른이 다가오는지를 빨리 알아차려야 했다. 말이 느려지고 많아지면 위험 신호였다. 발걸음이 둔탁하고 기분이 좋아 보이면 더 조심해야 했다.

여고생이던 내가 혼자 집에 있을 때 알코올에 잠긴 친척이 종종 찾아왔다. 문이 열리면 술기운이 먼저 집 안으로 들어왔다. 그는 교복을 입고 있던 내 이름을 부르며 술을 찾았다. 나는 술을 사러 나갔다가 술이 든 비닐봉지를 들고 바로 돌아가지 않았다. 일부러 공원을 한 바퀴 돌며 벤치에 앉아 시간을 늘렸다. 하지만 돌아가야만 한다는 걸 알았다.

결국, 용기를 짜내 한 걸음 또 한 걸음 돌아가면 머그잔에 소주를 절반이나 붓고는 안주 한 점 없이 들이켰다. 취기에 어린 말들이 진한 술 냄새가 되어 내게로 향해왔다. 나는 겁먹은 모습을 들키지 않으려고 고개를 조심스럽게 끄덕거렸다.

"엄마 말씀 잘 듣고, 공부 열심히 해야지."

가장 상식적인 말을 하고 있었다. 그렇지만 두려움이 가득한 집 안에서는 어떤 폭언보다 더 무겁게 다가왔다.

술에 취한 친척과 어둠 속을 함께 달렸다. 흔들리는 운전대가 마음마저 덜컹거리게 했다. 브레이크를 밟을 때마다 나는 손잡이를 꼭 붙들었다. 그렇게 찾아간 곳은 평소에 가고 싶던 비싼 식당이었다. 술기운에 어려 보이는 직원에게 반말 섞인 말을 하는 모습이 아슬아슬해, 내가 대신 주문을 했다.

술이 없는 저녁 식탁은 평화로워 보이는 착각이 들게 했다.

어느 날엔 취한 채로 시비를 걸던 끝에 혼자 넘어져 피범벅이 되었다. 상대는 몸을 살짝 피했을 뿐인데 그는 균형을 완전히 잃고 쓰러질 만큼 알코올 기운이 가득했다. 떨리는 손으로 경찰에 신고했을 때 나는 언제 울릴지 모를 사이렌 소리만 기다렸다.

결국, 병원에 입원한 뒤에도 한밤중에 탈출해 집까지 찾아왔다. 그 밤이 끝났다고 아직도 말할 수 없었다. 비틀거리는 발소리를 내며 현관을 향해 다가와 큰 소리로 우리를 불렀다. 맨몸으로 나와서 택시비가 없다고 했다. 깊은 밤도 그에게는 어느 낮과 다름이 없어 보였다.

또 다른 친척은 술에 취해 경찰에 의해 수갑이 채워졌다.
음주 운전, 뺑소니, 약물 과다로 중환자실.
뉴스에서 보던 단어들이 갑자기 가까운 이야기가 되었다. 그날 이후로 어른이라는 말이 믿기 어려워졌다. 퇴원 후에도 어느 새벽에 집 앞에 찾아와 화분을 던져 깨뜨렸다. 깨진 파편과 쏟아진 흙이 바닥에서 뒤섞였다. 경비원의 하소연에도 우리가 할 수 있는 일은 그를 달래서 집안으로 데려오는 것뿐이었다.

하루는 집으로 신발을 신은 채 들어오는 거구의 남자 앞에서 막을 생각도 하지 못하고 현관문을 열고서 뛰어나갈 준비를 했다.

그런 일들이 반복되자 술에 취한 어른들은 모두 비슷한 얼굴로 보이기 시작했다. 그들은 비슷한 순서로 흐트러졌고 비슷한 방식으로 주변을 위협했다. 누구인지는 바뀌었지만 내가 해야 할 일은 같았다. 상황을 정리하고 언제 자리를 벗어날지를 정하고 표정을 골랐다.

누군가 현관문을 두드리면 술에 취해 나를 찾을까 봐 어둠 속에서 숨을 참았다. 이미 어린아이였을 때 배웠던 것이었다. 불도 켜지 않은 채 식탁에 앉아 밥을 먹다가도 바깥 기척에 놀라 방으로 달려가 숨었다. 현관의 벨 소리가 멈추기만 기다렸다. 집안에 인기척이 없으면 울릴까 봐 두려운 핸드폰을 이불 속에 밀어 넣어 버렸다.

집 안에서는 규칙이 생겼다. 복도에서 보이는 쪽 불은 켜지 않아야 했고, 티브이 볼륨은 가장 작게 해야 했다. 안방 문은 여닫히는 소리가 나지 않도록 미리 열어두어야 했다. 언제든 달려가 숨을 곳이었기 때문이다.

술에 취하지 않았을 때의 그들은 신기하게 닮아있었다. 조금 쑥스러운 듯 인사만 받고는 나를 그대로 지나쳤다. 대담함은 어디에서도 찾아볼 수 없었다. 그와 동시에, 사과도 설명도 없었다.

기억은 나 혼자의 몫이었다. 그 기억은 꺼내지 않기로 했다. 나는 도움을 요청하는 것보다 혼자 버티는 법을 배웠다. 술에 취한 어른들에 의해 문이 열릴 때마다 나는 그들을 믿지 않게 됐다. 스스로 지키기 위해 위험을 예측하고 대비하는 쪽을 택했다.

그 무렵부터 나는 술에 취한 어른들과 세상의 틈새에 끼어 있었다. 무슨 말을 하려고 하는지 미리 알아내고 어떻게 대화를 돌릴지 고민해야 했다. 그렇지 않으면 자리를 벗어날 타이밍을 찾으려 애썼다.

술병의 뚜껑이 열리면 이야기는 한없이 길어지기도 했다. 때로는 아무렇게나 흩어진 말들을 정리해야 했다. 술에 취하지 않은 사람들이 오해하지 않도록 대신 설명했다. 식당에서는 어수선한 말과 몸짓이 새어나가지 않도록 온 신경을 쏟았다. 큰소리로 웃는 그들과 달리 나는 그 시간이 지나가기만을 기다렸다.

가장 두려운 말은 "여기 소주 한 병 더요."였다. 그 말은 어렵게 메꾸고 있던 그 시간이 다시 시작될 거라는 예고였기 때문이다. 듣는 순간 마음이 푹 꺼지고 피곤이 몰려와 나른해지는 소리였다. 어른들을 대신해 붙들고 있던 역할을 내려놓고 쉬고 싶었다.

다음날이면 아무렇지 않은 얼굴로 하루를 살아갈 그들을 잘 알았기 때문에 책임감을 기대하지 않기로 했다. 보호를 기대할 수 없는 마음은 나를 더 위험한 쪽으로 몰아붙이기만 했다. 그 기억은 저들에게는 이미 사라졌어도 내게 만큼은 또렷이 남아있었다.

낮에도 끝나지 않은 밤처럼 지내던 시간은 지나갔다. 그런데도 여전히 남아있는 감각은 쉽게 사라지지 않았다. 낯선 사람에게서 술 냄새가 나면 숨을 고르고, 밤이 되면 잠긴 문을 한 번 더 확인했다. 취기에 목소리가 커진 사람들의 모습과 그들의 웃음이 나를 뒷걸음질 치게 했다. 두려워서가 아니었다. 그 시간을 지나오며 내게 남은 습관 같은 것이었다.

엄마는 시간이 많이 흐를 때까지도 몰랐다. 친척들이 찾아왔던 것도 술을 사 오라고 심부름을 시킨 것도 운전대를 잡고 동석하게 한 것도. 그 모든 것을 숨기기로 한 결정은 그런 면에서 잘한 일이었다.

철이 들어서도 아니었고, 왜 말했냐는 원망을 듣게 될까 봐 겁이 나서 그런 것도 아니었다. 단지 제자리로 돌아가기 쉬웠기 때문이었다. 그리고, 아무도 다치지 않을 수 있었기 때문이었다.

그러다 나는 불편하거나 이상하다고 느끼는 일조차 말하지 않게 되었다. 조용히 그들의 자리를 대신할 뿐이었다. 그것이 나중엔 나를 잘 참는 사람이 아니라 어느 자리에서도 나서지 않는 사람으로 만들었다.

침묵은 가장 편한 선택이었다. 설명은 또 다른 설명을 요구했고 상대방에게 이해받지 못하는 상황은 불편했다. 술 취한 어른들 앞에서 말을 줄이던 습관이 내게 도움이 되었다.

억울하거나 아쉬워도 말을 하면 상황이 길어졌다. 잘못 던진 한마디는 그들을 쉽게 흥분하게 만들었다. 그래서 나는 주로 듣는 쪽이었고 대답은 거의 같았다. 짧게 "네." 하는 것이 적당히 듣고 있는 듯해 보이게 했다.

학교에서도 사회에서도 비슷한 상황이 반복되었다. 상사

의 말에 이유를 붙이지 않았다. 일단 대답을 한 후에 어떻게 대처할지를 생각했고 버거운 일까지 떠맡기도 했다. 문제가 생기기 전까지는 말을 하지 않았다. 혼자 해결하려고 애쓰다가 최대한 문제가 작아진 뒤에 말을 꺼냈다.

어른들에게 사과나 보호를 기대하지 않았다. 대신 그들과 거리를 유지할 뿐이었다. 지금에야 그때의 내가 취한 사람을 방어하는 데 많은 힘을 쏟았다는 것을 알았다.

술에 취한 어른들은 많은 말로 나를 훈계했다. 그러나 내가 배운 것은 하나였다. 어른이 언제나 보호자가 되는 것이 아니라는 사실이었다. 그때의 나는 울거나 말하지 않았다. 단지 어른을 대신해 어른의 역할을 하고 있었다.

그들은 내게 더는 보호해야 할 사람이 아니라 피해야 할 존재가 되어갔다. 그 이후로 나는 나를 먼저 지키는 쪽에 가까워져 있었다.

혼자 걷던
길은
고립이
되었다

대학교에 합격했을 때 나는 그것이 삶의 전환점이 될 거라고 믿었다. 다른 사람이 될 수 있을 것 같았다. 하지만 대학에 들어온 뒤 나는 더 자주 혼자 걷게 됐다. 사람들 사이를 지나면서 누구의 옆에도 서지 않았다. 고립은 소리 없이 시작되었다.

나는 늘 강의실 뒷자리를 골라 앉았다. 동기들의 대화와 웃음은 같은 공간에 있으면서도 내게는 닿지 않았다. 그 사이에 끼어들 용기가 나지 않았다.

수시 합격자 발표가 난 이후의 방학부터 아르바이트를 시작했다. 경험 삼아 해보려던 일이었는데 그게 곧 생활이 되었다. 옷과 신발이 필요했고 기른 머리를 손질해야 했다. 교통비도 필요했다.

대학생이 되고 첫 방학이 되자 동기들은 영어 시험과 자격증을 준비했다. 그러는 동안 나는 아침 아홉 시부터 아르바이트를 시작해 새벽이 다 되어 돌아왔다. 그들이 미래를 준비할 때 나는 내일 아침 늦지 않게 다시 일하러 가는 데에 마음을 쏟고 있었다. 학교는 점점 내게서 멀어졌고, 마음은 쫓기고 있었지만, 상황을 바꿀 수는 없었다.

우리 과 체육대회 날이었다. 햇빛이 쏟아지던 토요일 아침의 운동장에서 나는 소속도 없는 것처럼 구경하듯 계단에 앉았다. 토요일이어서 주말 아르바이트를 빠질 수 없었고 그것이 내게는 좋은 핑계가 되었다. 돌아서면서도 누군가 한 번쯤은 나를 붙잡아 주길 기다렸다.

학교에서는 늘 실패한 것 같은 기분이 들었는데, 아르바이트하던 곳에서는 일을 잘한다고 했고 나를 찾았다. 사람들과도 섞여 웃으며 대화할 수 있었다.

이상한 일이었다. 왜 동기들과의 관계는 나를 유난히 경직되게 만들었는지. 시험이나 과제에 대한 정보를 주는 친구가 내게는 없었다. 다가가 물어보는 데는 용기가 필요했고, 그마저도 포기해 버리는 것이 대부분이었다.

공강 시간이 되면 애써 말하지 않아도 되는 도서관이나 문을 꼭 닫아놓은 여학생 휴게실로 익숙한 걸음을 옮겼다. 누구에게도 보이지 않기를 바라며 아무 시선도 닿지 않는 곳을 골랐다.

그곳에는 소리가 없었다. 그게 나를 편안하게 했다. 다만 가는 길목에서 무리 지은 웃음소리나 여러 개의 발소리가 들리지 않기를 바랄 뿐이었다.

휴게실에는 늘 비슷한 냄새가 났다. 낡은 건물의 습한 냄새를 가리듯 여러 개 놓여있던 2층 침대 침구에서 포근한 냄새가 섞여 나왔다. 그리고 닫힌 공간의 답답한 공기가 느껴

이제는 함께 살아보기로 했다

졌다. 그러면서도 온도는 늘 서늘했다.

　나는 가방에서 초콜릿과 온기가 남은 캔 커피를 꺼내 마셨다. 배고픔을 잊으려는 게 아니라 잠을 깨우고 정신을 붙잡기 위한 행동에 가까웠다.

　작은 탁자에 엎드려 시간이 얼른 지나가 주기만을 기다렸다. 그렇게 하고 있으면 마음이 편했다. 핸드폰 화면을 몇 번이나 켰다 끄면서 느리게 흐르는 시간을 확인했다. 그리고는 다음 수업을 위해 고요함 속으로 걸음을 옮겼다.

　휴게실을 나서며 나는 표정을 골랐다. 그렇게 매일 사람들 사이를 지나면서도 아무에게도 닿지 않으려 애썼다. 쌓이는 시간은 사라지는 데 익숙해지게 만들었다.

　모두가 자연스럽게 친구를 사귀고, 사랑을 배우고, 미래를 그려나가며 움직이던 때였다. 나는 그저 누구의 표적도 되지 않으려고 조심스럽게 스쳐 가고 있었다.

　교양수업의 조별 과제는 억지로 다른 사람들과 함께할 수

밖에 없었다. 내게 말을 걸어주던 학생 덕분에 어느 그룹에 낄 수 있었지만, 대화가 이어지지는 않았다. 맡은 부분을 조사해 메일로 보내놓고 나는 울리는 핸드폰도 쳐다보지 못했다. 나를 뺀 나머지 세 사람은 같은 전공이었고 나는 맞지 않는 조각처럼 튀어나와 보였다.

결과는 좋지 않았다. 혼자 이해하고 준비한 자료는 겉돌았고 발표가 어떻게 준비되어 가는지 알 수 없었다. 친절하게 다가왔던 그는 나를 탓하고 있을 것만 같았다. 그게 처음이자 마지막이었던 조별 과제의 기억이다. 실패한 것 같은 기분은 꽤 오랫동안이나 나를 따라다녔고 멀리서부터 그들을 피하게 했다.

처음에 혼자 걷는 일은 편하고 외롭지 않았다. 곁에 있는 사람들의 표정과 걸음을 신경 쓰지 않아도 되었고 어떤 말을 해야 할지 애써 고를 필요도 없었다. 함께 있을 때 나는 혼자만 늦게 웃고 대답을 망설이기도 했다. 그럴수록 몸은 더 굳어갔다. 그래서 점점 연락하지 않게 되었고 약속을 만들지 않았다. 어느 순간부터는 누가 나를 찾지 않더라도 괜찮다고 생각했다. 사람들과 연결된 느낌은 그렇게 조금씩 멀어져 갔다.

혼자 걷는 길은 점점 넓어졌다. 누군가와 나란히 걷지 않아도 되는 날이 쌓이면서 나를 감싸는 거리감이 생긴 것처럼 느껴졌다. 기다리지 않아도 되었고 설명하지 않아도 되었다. 혼자 있는 시간이 길어질수록 함께인 느낌은 어색해졌고, 그 낯섦은 고립과 닮아가고 있었다.

어느 날 핸드폰을 열자 우리 과 단체 사진이 눈에 들어왔다. 교수님들과 함께한 행사와 학부 수업 중에 떠난 여행 사진들이었다. 아는 얼굴들이 모여 있었고, 같은 방향을 보고 있었다. 매일 스쳐 지나던 사람들이 사진 속에서 하나의 무리처럼 함께 있었다.

나는 그 장면을 오래 바라보지 못하고 손가락을 멈춘 채 화면을 닫았다. 부러움이나 질투는 아니었지만, 소외감에 가까웠다. 내 자리는 늘 이렇듯 화면 밖 어딘가였다.

듣지 않고 보지 않는 편이 나을 것 같아서 단체 문자는 그냥 닫아버렸다. 화면 속 사진은 내가 어디에도 속하지 못했다는 사실을 조용히 확인시켜 주었다.

하루는 동기 중 한 아이가 사람들 사이에 섞여 이야기를 듣고 있던 나를 보며 너도 끼고 싶었냐고 장난처럼 말했다. 그 한마디에 그 자리에 서 있던 내 모습이 갑자기 드러난 것 같았고 얼굴이 화끈거렸다. 나는 서두르는 척 자리를 떠났다. 그 이후로는 내가 먼저 그런 자리를 피하게 되었다.

즐거움 없는 대학 생활이 이어지던 날들이었다. 커다란 강의실에서의 외로움이 막막함으로 변해 내게 닿았다. 그 무렵 나를 도와주는 한 선배를 만났다. 그 만남 이후 내게 어떤 시간이 다가올지 그때는 몰랐다. 다른 모습을 한 새로운 공포가 새겨지는 시간이 되어버렸다.

그에 의해 학교에 머물고자 간신히 붙들었던 의지가 꺾여버렸다. 이야기할 사람 하나 떠오르지 않았다. 사실은 연락하고 싶지 않았던 것 같다. 무서웠고 모든 게 망가진 것 같았다. 나는 학교를 떠나야겠다는 생각이 내 선택인 것처럼 믿어버렸다.

자퇴라는 단어밖에 떠오르지 않았다. 그러나 이미 달라진 내 모습을 보며 상처받았을 가족들을 또다시 실망하게 하고 싶지 않았다. 그래서 편입을 생각해 보기도 했다. 정신을 차리고 도망치는 대신 시간에 휩쓸리다 보니 어느새 졸업이 다가오고 있었다.

내게는 선택지가 거의 남지 않았다. 계획도 스펙도 자격증도 없이 포기한 것들만 가득했다. 그런 나에게 손을 내밀어 준 곳이 졸업논문을 지도해 준 교수님 연구실이었다. 그렇게 대학원 서류를 제출했다.

계절이 한 번 두 번 바뀌어도 상처는 자리를 지키고 머물렀다. 나는 사람들이 나를 떠올리지 않을 만큼 스스로 지우는 쪽을 선택했다. 말을 꺼내지 않았고 어떻게 지내는지 드러내지 않았다. 늘 같은 표정을 지으며 빠르게 걸으면 그것이 어느 정도 가능했다.

함께 있으면서도 오가는 말 하나하나를 신경 쓰며 눈치를 살피게 되는 상황은 혼자인 것보다 더 피곤한 일이었다. 한번도 내가 어딘가에 속했다는 느낌을 받은 적이 없는 것만 봐도 그것은 사실이었다. 나는 늘 가야 하는 이유를 만들어 먼저 자리를 떴고, 기대하지 않는 연습을 했다.

관계가 이어질 것 같으면 곧 내게 실망해서 떠나가는 상상을 했다. 그런 상황을 만들지 않고 싶었다. 조용히 혼자 걷는 편이 더 쉬웠다. 나는 계속해서 그렇게 하기로 했을 뿐이었다. 하지만 시간이 지나자 선택에는 방향이 생겼다.

혼자 있는 시간이 길어질수록 사람들 사이로 다시 들어가는 일은 더욱 어려워졌다. 잠깐의 침묵도 어색해졌고, 한마디를 건네려면 마음속에서 수많은 대답이 지나갔다. 먼저 다가가기보다 뒤에서 상황을 살피는 것이 더 익숙했다. 나는

이제는 함께 살아보기로 했다

계속해서 사람들 옆을 지나쳐 걸으며 외롭다고 말하지도 도움을 구하지도 않았다.

다른

모습의

공포

$$4$$

연구실 손잡이에 손끝만 닿아도 온몸이 덜덜 떨렸다. 숨이
가빠지고 발걸음은 자주 멈췄다. 내가 힘겹게 선배로부터 벗
어 난 그 공간에서 멀지 않은 곳이 내 대학원 생활의 시작점
이었다.

나는 종종 진정되지 않을 때 사람이 없는 준비실로 향했
다. 뭔가를 기록하거나 일하는 것처럼 보이려고 했다. 그곳
에서는 학생을 마주칠 일이 거의 없었다.

자리를 비울 수 없을 땐 이어폰을 끼고 음악을 큰소리로 틀어두었다. 아무도 쳐다보지 않고 바닥만 보며 귀를 막다 보면 시간은 어느새 8시간이나 흘러 있었다. 불안이 조금은 멀어지는 것 같았다. 들리지도 않는 가사가 반복되며 나는 겨우 나를 지탱하고 있었다. 그 방법으로 하루를 넘겼다.

교수님과 연구실에서 음식을 주문해 함께 먹던 날이었다. 교수님이 자리를 뜨자 한 선배가 갑자기 말을 꺼냈다.

"너 요즘 마음에 안 들어."

그게 무슨 의미인지 듣는 순간에는 잘 이해되지 않았다. 그 의미를 짐작한 것은 화장실에서 먹은 것을 모두 토한 뒤였다.

다음 날 그 사람은 아무 일 없던 듯이 나를 대했다. 그렇지만 나에게 남은 것은 그를 어떻게 피할 수 있을지 고민하는 일이었다.

어린 시절의 공포가 문턱 너머에서 시작되었다면, 어른이 된 이후의 공포는 사람들 속에서 자라났다. 일요일이 사라진 연구실은 밤과 낮이 뒤섞여 시간의 경계가 흐려져 있었다. 그 안에서 나는 조금씩 나를 놓치고 있었다. 불안은 더는 바깥에서 들려오는 소리가 아니었다. 고립은 나를 더 깊은 곳으로 데려갔다. 나는 하루를 또 다른 하루에 조심스럽게 이어 붙였다.

일주일에도 몇 번이나 발표 순서가 다가왔다. 랩 미팅부터 세미나까지 크고 작은 모임의 앞에 서야 했다. 그럴 때면 연구실에서 혼자 밤을 새우기도 했다. 아침이 가까운 새벽까지 준비하고 건물 앞 주차장에 세워 둔 차 안에 몸을 구겨 넣은 채 쪽잠을 잤다.

일과 시간이 끝나면 자동으로 히터가 꺼지는 연구실에서 겨울밤을 버티기란 쉬운 일이 아니었다. 이따금 불 꺼진 복도에서 인기척이 들리고 센서 등이 작동해 곤두서는 느낌이 들기도 했다. 아마도 경비원이었겠지 생각하며 집중하려 했다. 모니터를 보고 있으면서도 내 온몸은 사방을 경계하며 쏟아지는 잠과 추위를 견디고 있었다.

열심히 발표 대본을 외웠는데 발표 자리에 서서 슬라이드를 여는 순간 첫머리가 기억나지 않았다. 화면 속 글자들도 흐려졌다가 또렷해지기를 반복했다. 출력한 종이를 만지작거리다 보면 스피커를 통해 되돌아오는 목소리가 갈라졌다. 위로 치솟은 소리를 애써 눌러 일정한 톤을 유지하려 했다. 그런데도 나의 떨림은 마이크를 통해 계속해서 청중에게 전달되었다.

"경청해 주셔서 감사합니다."

마무리와 동시에 찾아온 얼마간의 정적 이후 예상치 못한 질문들이 들어왔다. 수십 개의 눈이 내 얼굴과 몸짓을 주목하고 있는 그곳에서 나는 무슨 말을 했는지도 기억이 나지 않는다. 누군가의 판단과 시선이 날아와 꽂힐 때마다 숨이 가빠졌다.

넘어지면 끝이 날 것 같았고 뒤처지면 사라질 것만 같아서 멈출 수 없었다. 발표는 한 번의 사건이 아니라 미리부터 공포로 다가왔다.

해외 학회에 참석했을 때 혼자서 비행기를 타고 하루 일찍 도착한 날이 있었다. 2층 침대 위 칸에 불을 끄고 누워있는데 갑자기 심장이 두근거리고 숨이 찼다. 초조함이 몰려왔다. 우리나라 시간으로 매주 화요일 오전의 랩 미팅 하루 전날이었다. 비행기를 타고 몇 시간을 날아왔어도 몸은 기억하고 있던 시간이었다.

"여기서는 괜찮아."

적어도 내일 하루는 안심해도 된다고 내게 말했다.

그때의 기억은 이 모든 일이 멈춘 적 없는 연속된 일이었다는 느낌으로 남아있다. 살아가고 있는 곳의 장면이 바뀌고, 부딪히며 살아가는 사람은 달라졌지만, 늘 대비하는 쪽으로 기울어 있었다. 아무 일 없을 때도 어쩔 줄 몰라서 더 불안했다. 조용한 순간이 오면 곧 무슨 일이 생길 것 같은 예감이 쉽게 가시지 않았다.

어느 새벽 3시의 찬 공기가 폐 안까지 서늘하게 만들던 귀갓길이었다. 한 건물의 지하 주차장 입구에서 술에 취해 잠들어 있는 여학생을 보았다. 나는 그 사람을 향해 자동차 라이트를 비췄다. 자신이 세상에서 가장 약해지는 순간을 누군가 보고 있다는 사실도 모른 채 위태롭게 버티고 있는 모습이 발걸음을 멈추게 했다.

그녀가 더는 추락하지 않도록 경찰에게 맡겼다. 한 명은 그녀를 세게 흔들어 깨웠고, 다른 한 명은 핸드폰을 가져가 전화를 걸었다. 그제야 겨우 안심한 마음으로 집으로 향할 수 있었다. 그러면서도 문득 그 시간에 전화를 받게 될 가족들의 놀란 얼굴이 떠올랐다.

또 다른 날에는 한겨울 버스정류장 맨바닥에 누워있는 사람을 보았다. 취객일지 몰라 겁이 났지만 차 안에 있던 담요를 덮어주고 경찰을 부른 뒤 곁에서 기다렸다. 신기하게도 경찰은 그 사람과 이미 면식이 있는 듯했다. 새벽 퇴근길은 이렇게 예기치 않은 장면들과 자주 마주치는 시간대였다. 어릴 적 집 안에서 듣던 고양이 울음소리를 그날은 밖에서 들으며 집을 향해 걸어갔다.

일은 끝나지 않았다. 버티는 힘이 먼저 무너졌고, 마음은 그 뒤를 따랐다. 문 앞의 그림자가 나를 숨게 했던 그때처럼 나는 가끔 아무도 모르게 웅크렸다.

하루는 기차 안에서 울리는 전화를 조용히 받았다. 핸드폰 너머에서 교수님의 고함이 들려왔다. 하고 싶은 말들은 가슴 속에서 맴돌았지만, 입으로 말할 수 있는 것은

"죄송합니다."

"확인해 보겠습니다."

이 말들뿐이었다.

그 시절 나는 미래를 상상할 수 없었다. 다만 다음 시간, 다음 단계를 무사히 넘기는 데에만 모든 노력을 쏟아야 했다. 그 덕분에 내가 사라지지 않았다는 사실만 분명하게 남아 있었다. 그것은 나를 계속 움직이게 한 방식이었다. 이후에도 시간은 무겁게 흘러갔다.

어느 날은 연구 결과가 좋지 않아서 자정이 넘도록 자리를

이제는 함께 살아보기로 했다

지켰다. 내가 연구실에 오래도록 머문 이유는 한 가지였다. 랩 미팅 때마다 깎여 내려가고 발표 때마다 질타 받는 두려움을 피하기 위해서였다. 눈에 띄고 싶지 않았던 내게 공격의 표적이 되는 상황은 버겁고 불편했다. 평가받고 싶지 않았지만, 내가 얼마나 부족한지 다시 확인하게 되는 것 같았다.

집에 돌아와서도 그날의 긴장은 가라앉지 않았다. 단단해진 어깨가 풀어지지 않은 채로 침대에 누워봤지만, 내일 할 말이 정리되지 않고 머릿속을 떠다녔다. 늦게까지 잠들 수 없었다. 지적받아도 아무렇지 않은 표정을 짓는 것과 의견을 들은 뒤 고개를 끄덕이는 속도까지 마음속으로 연습했다.

나는 그렇게 스스로 방어하는 데 몰두하고 있었다. 그런데 그 모습이 선배에게는 오만함으로 비쳤던 모양이다.

어느 날, 선배가 내게 말했다.

"너를 다른 후배들과 다르게 대할 거야."

그 말을 듣는 순간 마음이 부서졌다. 또 시작이구나. 또 고립되겠구나. 연구실은 열다섯 명 정도가 함께 지내는 작은 사회였다. 그 안에서 나는 다시 입을 다물었다.

겉으로는 고요해 보였지만, 나는 관찰당하고 있다는 느낌 속에서 움츠러들었다. 조용한 공간에서도 문이 열리는 소리나 의자가 움직이며 내는 바퀴의 마찰 소리가 곧 내게 찾아와 상처를 낼 것 같았다. 몸의 떨림과 숨이 차는 느낌은 그때와 같았다. 하지만 이번에도 지나갈 시간이었다. 그 믿음도 내게 함께 남아있어 다행이었다.

그때부터 나는 사람을 보기 전에 공간을 살폈다. 누가 언제 들어올지를 생각하고 있었다. 모니터를 보고 있어도 출입문에서 나는 소리에 항상 귀를 기울이게 됐다. 바쁘게 움직이는 척하며 나갈 수 있도록 출구를 익혀두었다.

어린 시절의 그림자와는 다른 새로운 공포가 곁에 있었지만 나는 늘 비슷하게 반응했다. 그래야 다음으로 넘어갈 수 있었기 때문이다. 그 공포는 소리를 내지 않았다. 대신 언제든 나를 평가할 수 있는 얼굴을 하고 있었다. 나는 점점 나

자신을 감시하게 되었다. 연구실에서의 하루는 결과보다도 얼마나 늦게까지 남아있었는지, 얼마나 성실해 보였는지가 나를 설명하는 기준이 되어가고 있었다.

그 기준에 맞추기 위해 나는 할 수 있는 것보다 더 많은 일을 했다. 더 늦게 연구실을 나서고 주말에도 출근하면 내 마음이 편해졌다. 사람들과 같은 공간에 있어도 나는 한 발짝 물러나 혼자 있었다. 그 상태는 낯설지 않았다. 늘 손을 움켜쥔 채로 지내는 것이 일상이 되었고, 불안은 더는 특별한 감정이 아니었다.

3
장

믿고 싶었던 세계가
무너지는 순간

기적적으로 살아난 것이 아니라
쉼 없이 싸웠다.

관계의
얼굴을
하고 온
폭력

어른이 되어 처음으로 믿고 싶었던 세계는 나를 가두는 벽이었고, 그 벽은 또 다른 폭력이었다.

신뢰는 가장 약한 틈에서 무너졌다. 나는 그 사람을 믿었지만 사실 길들어가고 있었다. 내가 잘못했고 예민했고 내가 그를 이해해야 한다는 말들이 반복됐다. 나 자신을 믿지 못하게 된 순간 나를 빼앗긴 것 같았다.

한 선배와 가까워졌다. 나를 도와주었고 내게 예쁘다고 말

했다. 처음엔 관심이 싫지 않았다. 그러나 그것은 소유하려
는 욕구였다.

"너에게만 전화하려고 핸드폰 샀어."

점점 더 강요의 강도는 커졌다.

"커플링 빼."

"남자 친구와 헤어져."

"너 때문에 죽어버릴 거야."

날카로운 말을 던지며 그는 내 일상을 통제했다. 내 시간
표를 요구했고 연락을 받지 않으면 눈앞에 나타났다. 강제적
인 접촉과 입으로 내뱉던 희롱의 말들은 내가 지켜오던 선을
하나씩 지워가기 시작했다. 동기들과의 관계도 단절시켰고,
나에 대해 나쁜 소문을 퍼뜨렸다.

그의 분노가 스칠 때 나는 그 앞에서 한없이 작아졌다. 나
를 깎아내리는 말을 들을 때면 어리숙하고 모자란 사람이 된
것 같았다. 늘 내가 문제인 것만 같았다. 그는 내가 만나는
지인조차 싫어했고 만나지 못하게 했다. 내가 방어적인 태도
를 보이면 지인을 욕하기도 했다.

그는 나를 지켜보고 평가했다. 집 앞과 강의실, 핸드폰 속과 교회까지였다. 그러다 결국은 내 머릿속으로 들어왔다. 도망칠 틈도 울 틈도 없었다.

어떤 날은 욕설 속에 내 탓이 쏟아졌다. 또 어떤 날은 차도에서 무릎을 꿇고 내게 사과를 했다. 아프다기에 약을 사다 주면 돌아오는 것은 "꺼져."라는 말이었다.

호의로 다가오던 손길은 순간 사람들 앞에서 종이를 던지며 나를 몰아세우는 손으로 바뀌었다. 그건 벌이었고 나를 통제하려는 그의 방식이었다.

그가 화를 내는 이유를 이해하려고 했다. 내가 조심하면 넘어갈 수 있을 것 같았다. 나는 점점 묻지 않게 되었다. 그것은 내게 익숙한 느낌이었다. 도움이 오지 않던 어린 날과 닮아있었다. 그래서 벗어나지 않았다.

사람들은 내게 묻는다.

"그게 그렇게 오래 갈 기억인가요?"

대답을 고르는 길지 않은 시간에도 가슴이 내려앉고 숨이 가빠지며 다리가 떨린다. 말은 늘 그다음이었다.

어느 날 동기 한 명이 내게 말했다.
"애들이 너 왜 그러고 다니냐고 하더라."
마음이 내려앉았다. 수치가 목까지 차올랐다. 술자리에서는 "내가 걔를 만졌다."라는 소문이 떠돌았다.

그는 핸드폰을 여러 대 가지고 다녔다. 세 개의 번호로 찍힌 부재중 100통의 전화에 핸드폰을 쥔 손은 멈추지 않고 떨렸다. 캠퍼스를 걸을 때마다 심장이 쿵쾅거렸다. 어딘가에서 나를 보고 있을 것 같아 발소리 하나에도 뒤를 돌아보았다.
그가 있는 학교로 가는 길을 늘려보려고 버스에서 몇 정거장 전에서 내려 걸어가기도 했다. 그사이에도 핸드폰은 여러 번 울렸지만 마주치는 것보다는 덜 어려울 것 같았다.

그런데도 햇살은 너무 따뜻했고, 서너 명씩 무리 지어 웃는 학생들의 모습은 나와는 상관없는 장면처럼 보였다. 내게

만 보이던 풍경이 어둡게 펼쳐지는 동안 세상은 아무 일 없다는 듯이 밝고 아름답게 흘러가는 것만 같았다. 나는 그 틈에서 아무도 모르게 무너지고 있었다.

언제부턴가 귀에서 삐 소리가 울렸다. 처음 겪는 일이었다. 주변 소리는 순식간에 아득해지고, 눈앞이 까맣게 가려졌다. 심장은 몸 밖에서도 들릴 만큼 큰 소리를 냈고 힘을 잃은 다리는 나를 바닥에 주저앉게 했다. 숨을 쉬어도 공기가 들어오지 않았다. 그게 공황이라는 걸 그때는 알지 못했다.

쉽게 사라지지 않는 공포가 있었다. 불안이 시작되면 예고 없이 그 순간이 찾아왔다. 길 한복판에서 그가 핸드폰 너머로 몰아붙이던 말에 부끄러움도 모르고 그 자리에 멈춰 서서 숨을 몰아쉬었다.

도움을 청할 사람을 떠올리려다 그것조차 감당할 자신이 없어서 마음을 접었다. 사실 눈앞에는 수십 명의 동기가 있었지만, 입이 쉽사리 열리지 않았다. 말하는 순간 내가 문제의 중심이 되어 주목받게 될 것만 같았다.

나는 점점 예전의 내 모습이 어땠는지도 생각나지 않을 만큼 변해갔다. 잠들지 못한 채 밤새 기록 강박에 시달리며 다이어리 한 권을 채웠다. 환청은 기도를, 망상은 하나님의 목소리를 흉내 냈다.

한겨울에 찬물로 샤워하며 죄를 씻는 척했지만 이미 정신은 깊이 가라앉고 있었다. 혼자 씻을 수도 없게 된 나를 보며 엄마는 샤워기로 따뜻한 물을 틀어 몸을 씻겨주었다. 나는 그때 그 눈물을 보았다. 드라이어에서 나오는 뜨거운 바람이 목덜미에서 느껴졌다. 수치는 죽을 만큼 견디기 힘들다는 것을 그때 느꼈다.

나는 현실의 바깥에 서 있었다. 폭식과 구토를 반복했다. 그리고 그 사람이 접근할 수 없는 여자 화장실에 여러 번 몸을 숨겼다. 그곳이 가장 따뜻하고 안전하게 느껴졌다.

8차선 도로를 달리는 차들을 바라보다가 문득 끝이라는 단어가 너무 쉽게 떠올랐다.

어느 날 밤이었다. 짐도 겉옷도 없이 도망치듯 걸었다. 몸을 덜덜 떨며 누군가 뒤따라올까 봐 발걸음을 재촉했다. 물에 빠진 것처럼 다리는 무겁게만 느껴졌다.

잔액 없는 체크카드 한 장을 쥔 채 택시에 올라탔다. 전화를 걸 사람은 한 명뿐이었다. 나는 이유를 길게 말하지 않았다. 택시비를 보내줄 수 있는지 묻고 전화를 끊었다.

그가 붙잡고 있던 것은 내 손이 아니라 내 삶의 방향이었다. 다음 날 나는 다시 그곳으로 돌아갈 수밖에 없었다. 오지 않으면 내 물건을 모두 버리겠다는 협박 때문이었다.

영영 떠날 마음으로 다시 그의 앞에 섰다. 교수에게 알렸다는 거짓말로 겨우 벗어날 용기가 생겼다. 돌아서서 아무렇지 않은 척 문을 나서는 나를 그가 따라 나왔다. 곧 내 옷의 뒤쪽이 사납게 잡혔다. 숨이 멎는 줄 알았다.

나는 그때 이미 기억으로 만든 감옥에 갇혔다. 그리고 그곳에서 너무 오래 머물렀다. 그날 이후 나는 그의 관심 밖으로 밀려났다. 그제야 나는 서서히 돌아갈 준비를 했다.

믿고 싶었던 세계가 무너졌을 때 그 사실을 인정하는 데에는 시간이 걸렸다. 매일 그 사람을 피해서 움직였다. 강의실에서 자리를 고르거나 건물 사이를 지나갈 때 혹시 내가 보일까 봐 동선을 바꿨다. 피해 다니는 일이 내 하루의 가장 중요한 일이 되었다.

피하고 싶던 것은 그 사람만이 아니었다. 나의 소문을 듣고 수군거렸을 학과 사람들도 마찬가지였다. 특히나 서넛이 함께 다니는 그들과 마주치는 일은 너무나 두려웠다. 웃으며 인사하고 지나친 뒤에도 내 얘기를 할 것 같았다.

나는 사람들을 피해 다니면서 내가 숨는 것이 이상하다는 생각을 하지 못했다. 오히려 잘 대처하지 못했었던 나 자신을 탓했다.

그러는 동안 내 몸은 신호를 보내왔다. 잠들지 못했고, 생생한 악몽이 반복됐다. 잠에서 깨어 엎드린 채로 얼굴을 감싸고 있기도 했다. 스스로 해치려 했던 시간이 아픔으로 돌아왔다.

무너진 세계에서 빠져나와야 했다. 나의 가치가 무너진 것이 아니었다. 내가 믿었던 사람과 신뢰가 무너졌을 뿐이었다. 그러나 그곳에서 빠져나온다고 해서 내가 완전히 자유로워진 것은 아니었다.

모든 것을 알고 있을 것 같은 사람들 앞에서 나는 뻔뻔해지려고 노력했다. 아무 일도 없었던 것처럼 보이고 싶었다. 그렇지만 누군가 나를 존중해도 호의를 믿지 못했다. 친절함을 경계했고, 관심을 부담스러워했다.

상대의 기분을 살피느라 내 감정은 뒤로 밀려났다. 부당한 상황에서도 확신하지 못했다. 대부분의 생각은 내가 맞는지를 되물었다. 그러나 적어도 이제는 그 규칙들이 어디에서 시작되었는지 알 수 있게 됐다.

그 무너짐은 끝이 아니었다. 그 이후에도 나는 여러 번 다시 믿었고 다시 흔들렸다. 나는 여전히 조심스럽다. 그러나 폭력을 관계로 착각하게 되는 순간을 조금 더 빨리 알아차리게 되었다. 그것만으로도 나는 그곳에서 아주 조금씩 멀어지고 있었다.

몸에
새겨진

가스라이팅

그 선배에게서 벗어난 뒤로 나는 아무 일 없던 사람처럼 살고 싶었다. 하지만 내 몸은 끝이라는 사실을 인정하지 못하는 것 같았다.

핸드폰이 울리면 가슴이 쿵 내려앉고 나서 발신인을 확인했다.

아무도 내 이름을 부르지 않았는데도 그 목소리가 들린 것 같아 두리번거렸다.

폭력은 끝났지만 내 하루는 그때의 패턴을 반복했다. 꿈에서도 나는 부재중 전화를 확인하며 잠에서 깼다. 문밖의 인기척에도 예민해졌다. 집 근처에라도 찾아왔을까 봐 혼자인 것을 들키지 않으려고 다른 사람 뒤를 바짝 쫓아갔다.

　강의를 들으러 갈 때마다 학과 건물을 바라보며 버스에서 내리는 순간 숨을 크게 들이마셨다. 그때부터 움직임이 흐트러졌고, 강의실 문만 닫혀도 손에 땀이 차 뒤를 돌아보았다.
　그는 여전히 같은 건물의 어딘가에 있었다. 그래서 나는 강의가 시작하면 들어가고 끝나자마자 쏜살같이 도망쳤다. 보이지 않게 숨는 법은 탁월해졌다.

　학생 식당에서 일행과 있었는데도 닮은 사람이 몇 번이나 스쳐 가는 느낌이 들어 발을 멈췄다. 만약 그라 하더라도 도망치거나 숨어야 할 일인데 오히려 정지되어 눈을 크게 뜨고 있었다. 이렇게 나는 그의 세상 바깥으로 나왔으면서도 계속 감시받는 것 같은 착각이 들 정도였다.

　공포는 가끔 내가 존재한다는 증거이기도 했다. 아무도 모르게 더 조용히 뛰어야 했다. 그러다 문득 이상한 생각이 들었다.

'나는 왜 사라지지 않으려고 이렇게 필사적으로 버티고 있는 걸까.'

외상은 끝나지 않았다. 시간은 흘렀지만 나는 늘 다시 같은 계절에 다시 같은 장소에 돌아가는 기분이었다.

나는 달라졌다. 좋은 의미의 변화보다 사람들의 말을 의심하게 됐다. 나에게 뭔가를 선택하라는 말은 책임을 떠넘기는 것 같았다. 괜찮냐는 말에는 내게 무슨 문제가 있어 보이는 건 아닌지 살폈다. 친절에는 늘 대가가 있을 것 같았다.

그는 적어도 나와 더는 연결되거나 어떤 영향을 주지 않았다. 그런데도 지나온 시간 속에서 몸에 밴 방식들은 그대로 남아있었다.

가장 늦게 깨달은 변화는 누가 나를 통제하지 않는데도 스스로 지나치게 조심하게 된 것이다. 내가 이 말을 해도 되는지를 생각했고 그것조차 걱정될 땐 입을 다물었다. 감정이 느껴질 때도 내가 그럴 자격이 있는지를 생각하며 설명하려 들었다. 항상 나는 가장 작게 느껴졌다.

그의 논리가 내 것과 뒤섞여 잘 구별되지 않았다. 내가 무엇을 좋아했는지, 무엇을 하고 싶었는지는 중요하지 않았다. 늘 내가 뭔가 잘못한 건 아닌지를 고민했다. 그것은 배려처럼 보였겠지만 사실은 지워진 나를 되찾지 못한 것이었다.

함께 수업에 참여할 때면 모든 결정권을 다른 사람에게 넘기고 수동적으로 따라갔다. 친구와 식당에서 메뉴를 고를 때도 그랬다. 그래야 할 것 같았다. 늘 내가 원하는 것보다 문제가 되지 않을 만한 것을 고르거나 다른 사람에게 선택을 맡겼다. 오랫동안 통제받았던 내게는 그게 더 편안하게 느껴졌다.

강요는 있었지만, 선택은 없었다. 거절은 훨씬 더 어려운 문제였다. 그래서 거의 택하지 않은 선택지였다.

사람이 있는 공간은 늘 불편하기만 했다. 모르는 사람들뿐이고 아무 표정 짓지 않아도 사람들은 나의 수치스러운 지난 시간을 알고 있을 것 같았다. 언제든 나를 위협할 수 있는 존재처럼 느껴지기도 했다.

그때의 변화들은 누가 봐도 지나쳐 보였을 것이다. 불필요해 보이는 불안이 늘 나를 따라다녔다. 강의가 끝나고 학생들이 우르르 빠져나올 때면 빠른 걸음으로 자리를 떠났다. 나는 상대의 표정을 읽으며 한발 물러섰다. 그 사람이 그랬던 것처럼 평온한 얼굴로 다가와서는 돌변해 날카롭게 나를 찌를 것 같았다. 그래서 누구도 믿기 어려웠다.

졸업사진을 찍던 날. 흰 블라우스 상의를 단정하게 입고 어울리지 않게 아무렇게나 입은 하의를 전공책으로 가리며 촬영장으로 갔다. 졸업 기운이 입혀졌고, 블라우스의 리본을 매만진 후 학사모가 씌워졌다.

그 순간의 내 모습은 졸업을 앞두고 들떠있는 어느 4학년 학생들과 다르지 않았을 거였다. 하지만 찍혀나온 원본 사진 속 나는 울음을 참는 것처럼 보였다.

졸업 앨범 시안이 메일로 도착한 날이었다. 내 사진을 그 사람이 볼 거라는 생각이 들자 동기에게 발송된 메일을 모두 지우고 싶어졌다. 눈이 부시게 강하던 조명에 어느 때보다 얼굴색은 밝아져 있었는데도 내 눈에 들어온 동기들 사진 틈의 나는 초라하고 어두워 보이기만 했다.

스튜디오에 전화를 걸어 내 사진을 빼달라고 억지스러운 부탁을 했다. 그 이후에는 확인하지 않아 정말로 졸업 앨범에 내 얼굴이 있는지 없는지 알 방법이 없었다.

졸업사진으로 커다란 액자가 만들어져 왔을 때 나는 가족들 앞에서 일부러 사진을 꺼내 보여주며 자랑하듯 웃었다. 나는 회복되었고 잘 생활하고 있다는 걸 보여주고 싶었다. 실제로 어떤지는 상관없었다. 가족들을 안심시키는 것만 중요했다.

어느 날, 그가 나타나지 않았는데도 집 안에서 갑자기 이명이 들렸다. 팔과 다리가 저리고 숨이 막히는 기분이 들었다. 불안이 당황스러움과 함께 올라왔다. 원인을 알 수 없었던 나는 그때마다 진통제를 먹었다.

 가슴이 답답하게 조여오는 증상은 진통제를 먹어도 나아지지 않았고 한 알을 더 목으로 넘겼다. 공황은 시간이 흐르면 천천히 가라앉는다는 것도 몰랐다.

 티브이 속의 사건들은 언제든 내게 일어날 수 있는 일처럼 가깝게 느껴졌다. 주변을 반복해서 살폈고 시력이 안 좋던 나는 집에 가는 길에는 꼭 안경을 꺼내썼다.

 그가 남긴 기준이 여전히 내 삶 이곳저곳을 간섭하고 있었다. 그것 중 몇 가지는 너무 익숙해서 뭐가 잘못된 건지도 알 수 없었다.

 사람들의 말투나 표정의 변화를 빨리 알아차리고 대처하지 못할까 걱정이 됐다. 생각하느라 잠시 침묵만 흘러도 그 뒤에 따라올 말을 상상하며 겁이 났다. 나는 어느 자리에서건 자격이 없는 사람 같았고 끼어들어 말을 하면 안 될 것 같았다.

3장 • 믿고 싶었던 세계가 무너지는 순간

내가 예민해서 그런 줄 알았다. 하지만 그것은 고쳐야 할 단점이 아니라 폭력적인 시간을 지나는 동안 내게 남은 흔적에 가까웠다.

한 번 몸에 새겨진 가스라이팅은 쉽게 지워지지 않을 것 같았다. 그 경계가 모호해서 어느 것이 진짜 내 모습인지 구분할 수 없었다. 누가 묻지 않았는데도 내가 오해한 것은 아닌지, 지나치게 받아들이고 있는 것은 아닌지 스스로 의심했다. 그리고 자책했다.

이 정도로 힘들어할 자격이 있는 걸까 생각했다. 특히 화를 낸다는 것은 타인에게는 할 수 없는 일이었고 자신에게 향할 때만 가능했다. 그것은 스스로 억압하는 것이었다는 것을 알아채기까지 오래 걸렸다.

나는 나를 달래주지 않았다. 그보다는 내게 거리를 두고 비난하는 쪽에 가까웠던 것 같다.

통제는 늘 큰 소리로 다가오지 않았다. 때로는 배려의 얼굴을 하고 걱정스러운 말투로 다가왔다. 그 안에서 내가 지

이제는 함께 살아보기로 했다

워지지 않도록 자신을 계속 확인해야 했다. 어떤 날은 예전의 기준으로 다시 돌아가는 편이 나을 것 같다는 생각이 들기도 했다. 그것이 덜 피곤할 것 같았고 더 익숙하기 때문이었다.

늦었지만 이제라도 내 편이 되고 싶다. 기뻐해도 괜찮고 슬퍼해도 괜찮고 화를 내도 괜찮다고 말해주고 싶다.

나는 아직도 가끔 나를 의심하지만, 예전처럼 모두 틀렸다고 여기지 않으려고 한다. 회복은 지나간 일을 모두 잊는 것보다는 다시 믿는 법을 배우는 일이었다.

회복의 시작, 나를 되찾는 중

교수님과 면담을 하는 날이었다. 진로와 관련된 대화를 나누다가 끝날 무렵에 평소에도 다정하신 교수님의 모습에 기대하며 조심스럽게 말을 꺼냈다.

선배가 힘들게 한다고. 그가 내게 했던 가혹한 일들의 아주 일부를 말했다. 교수님은 잠시 생각을 하더니 그 애가 널 좋아했던 것 같다고 했다.

그때 나는 더 설명해도 이 일은 관계의 문제로 남겠다는 걸 알았다. 그래서 말을 멈췄다. 나만 조용히 있으면 아무 일 없는 듯이 지나갈 수 있는 일이었다.

학교 안을 들여다보면 비슷한 일들이 벌어지고 있었던 것 같다. 학교 게시판에 교제 폭력 가해자를 폭로하는 글이 올라온 적이 있는 걸 봤다. 그 사람은 어떻게 됐을까 궁금해졌다. 피해자는 학교를 스스로 떠나갔다.

학교 안에는 분명 규칙과 넘지 않아야 할 선이 있었다. 그것은 관계 안에서 말없이 지켜지고 있었고 존중에 관한 문구는 늘 눈에 띄는 곳에 붙어있었다. 그러나 그중 어떤 규칙도 나를 보호하지 않았다. 내게는 매일같이 일어난 일인데도 나에 대한 나쁜 소문 외에는 그의 삶이 지금까지 조용하고 똑같이 유지되는 걸 보면 알 수 있었다.

그 사람은 좋은 성적을 받았고 교수님의 신뢰를 얻어 여전히 밝은 편에 머물렀다. 하지만 나는 그렇지 못했다. 사라지지 않기 위해 버틴 날들일 뿐이었다.

교내에 있는 학생 상담센터를 떠올려 봤지만 그를 자극할 거라는 생각이 들어 포기했다. 도움을 받지 않기로 한 선택은 그때의 내가 나를 지키는 방식이었다. 그리고 빨리 내 자리로 되돌아가야 할 것 같았다.

나는 예전과 같이 화장을 했다. 아무 일도 없어 보이고 어두워 보이지 않는 게 목표였다. 긴 머리를 풀고 구두를 신고 전공책을 들었다. 겉모습은 금방 돌아왔다.

문제는 사람들과의 관계에 있었다. 함께 이야기할 때면 웃어야 하는 타이밍을 놓쳤고 농담에도 얼굴이 굳었다. 이제는 아무도 나를 괴롭히지 않고 졸업반이 되었는데도 늘 위축되어 있었다.

어느새 내 일상에는 혼자 있는 시간이 다시 많아졌다. 부족한 과목을 재수강하고 복지시설에서 아이들에게 피아노를 가르치며 봉사활동을 했다.

교내 어학원에 등록해 바쁘게 방학을 보내기도 했고 인턴십 프로그램에도 참여했다. 익숙해질 대로 익숙해진 혼자 사는 방식은 이제 편리하게 느껴지기까지 했다.

이제는 함께 살아보기로 했다

그때의 나는 혼자서도 잘 해내는 사람이라고 생각했다. 아무에게도 도움을 청하지 않았고 함께 있어서 생기는 불편한 상황을 미리 피할 수 있어서 좋았다. 하지만 나는 회복하고 있던 게 아니었다. 상처받지 않으려고 방어하는 중이었을 뿐이다.

겉으로는 단단해 보였지만 안에서는 계속 반응하고 있었다. 피하는 것은 여전히 나를 지켜주고 있었고, 나는 그것을 바꾸려 하지 않았다.

도서관이나 강의실에서는 출구 앞쪽에만 앉았고 옆자리는 비어 있기를 바랐다. 옆 사람의 한숨이라도 들려오면 나 때문인지를 고민했다.

쉬는 시간엔 핸드폰을 만지작거리며 몰두하는 척 다른 사람들의 시선을 피했다. 사람이 많은 곳은 언제나 나를 불안하게 했다. 아는 사람이라도 마주치면 어떤 표정을 지을지 앞서 생각했다. 어떻게 해야 뻔한 얘기만 하고 돌아설 수 있을지 고민했다.

혼자인 시간이 길어지면서 나는 지나간 일들을 잘 잊어가고 있다고 믿었다. 그런데 갑작스럽게 찾아오는 과거는 비슷한 모습을 한 사람만 봐도 기억에서 깨어났다.

이제는 그도 나도 제자리에 있었다. 선택한 진로로 옮겨가고 있었고 새로운 사람들을 만나 함께 살고 있었다. 나는 그의 반대편으로 흘러가고 싶었다. 그러면서도 의문은 여전히 남았다. 내가 왜 숨어야 했는지. 그때는 아무도 설명해 주지 않았다.

누군가 내 이름을 부르면 두근거리고 숨이 막혔다. 잘못한 건 내가 아닌데 왜 두려워해야 했을까. 누가 나를 지워버린 것도 아니었다. 내가 먼저 나를 지웠다. 그것은 세상이 잘못 가르친 침묵이었다.

돌아온 나의 겉모습을 보며 가족들은 안도했다. 그러나 시간이 한참 흐른 뒤에도 아무 이유 없이 멈춰 서게 되는 날들이 있었다. 핸드폰 진동에도 덜컥 내려앉았고, 복도 불빛만

이제는 함께 살아보기로 했다

스쳐도 가슴이 조여왔다. 하지만 그런 것들은 마음만 먹으면 들키지 않을 수 있었다.

　가족들의 편안해진 표정이 나를 안심하게 하면서도 한편으로는 몸에 새겨진 흔적을 숨기게 했다. 그렇게 해서 과거는 온전히 나만의 몫이 되었다. 세상은 이전보다 안전해졌어도 내 안의 세상에서 나는 여전히 도망쳤다. 아직도 끝나지 않았다.

　둘째 아이가 태어난 지금도 엘리베이터에서 낯선 사람과 단둘이면 움찔하며 심장이 뛴다. 밤에는 지나간 그날들이 꿈에서도 반복되며 한 시간마다 깰 때가 있다. 어떤 드라마의 한 장면, 바람의 온도, 낙엽 하나가 날 그때로 데려간다. 하지만 나는 버텼다. 그리고 계속 앞으로 걸어왔다.

　내게 위로가 되는 말을 아주 최근에 들었다.
　"당신이 겪은 건 심각한 일이었습니다."
　누구에게도 듣지 못했던 말이었다. 그 한 문장 덕분에 내 삶을 인정받은 기분이었다. 사라지지 않으려는 노력도 사실은 살아보려는 시도였다.

그 말을 들은 뒤로 갑자기 내 삶이 달라지지는 않았다. 다만 아주 작은 변화들이 생겼다. 내가 겪고 있던 것들이 내가 이상해서가 아니라, 지나온 시간의 결과라는 쪽으로 생각이 옮겨갔다.

왜 나만 이런 증상을 겪는지 설명하려고 노력하지 않아도 되었고 아무도 모르게 진통제를 먹으며 참지 않아도 되었다.

지난날 왜 도망치지 못했는지 묻고 자책하는 대신 그 시간을 잘 지나온 사실을 기억했다.

이제 나는 나를 사라지게 하지 않을 것이다. 모든 상황이 나를 의심스럽게 만들고 믿고 싶었던 세계가 무너질 때 나는 저만큼 멀어진 진짜 나에게 말했다.

잠시 길을 잃은 것뿐이라고. 나는 반드시 나를 되찾게 될 거라고.

이제는 함께 살아보기로 했다

남은 흔적은 노력해도 바뀌지 않을 거라고 믿었었다. 여전히 일상에서 실패들을 경험하지만 언젠가부터 누군가 뒤따라오는 발소리를 들을 때 자동으로 달리려는 발을 잠깐이나마 멈춰 세우기 시작했다.

숨이 턱 막혀오면 손바닥을 꼭 쥐었다가 펴며 지금은 안전하다고 내게 알려줬다. 공포는 쉽게 사라지지 않더라도 이제는 내 삶을 대신 선택하지는 못했다.

회복이라는 말은 여전히 낯설었다. 예전의 내 모습 가운데 가장 당당하고 빛나던 때를 떠올리곤 했다. 그때로 돌아가야겠다는 마음이 들었다.

갑자기 굳어버리거나 숨이 차오르지 않던 시절로는 돌아갈 수 없다는 것도 안다. 하지만 그것이 잘못된 것은 아니라는 사실을 받아들이고 있다. 이제는 나를 설명하려고 애쓰지 않는다. 괜찮다는 말로 모든 것을 덮어버리지도 않고 힘들다는 감정을 부끄러워하지도 않는다. 나를 위한 선택이 다른 사람을 해치는 일이 아니라는 것도 알게 되었다.

가끔은 그 시간 속으로 내가 그대로 옮겨진 것처럼 느껴질 때가 있다. 그럴 때면, 회복이 가능할지 의심이 들기도 했다. 그러나 흔들리지 않는 것이 회복이 아니라, 흔들리는 나를 포기하지 않는 것이었다.

예전에는 감정이 먼저 나를 밀어냈고, 두려움이 방향을 정했다. 공포가 나타나면 모든 판단이 멈추곤 했다. 지금은 그 사이에 잠시 틈이 생긴다. 그 틈에서 나는 천천히 움직여본다. 나를 가두던 침묵에서는 한 걸음 멀어졌고, 그것으로 다음을 향하기에는 충분했다.

지금도 나는 매일 나를 현재로 데려온다. 괜찮지 않은 순간에도 자신을 외면하지 않으려 한다. 완전히 되돌아가지 않아도 된다. 회복은 결과가 아니라 과정에 더 가까웠고, 나는 그 한가운데에 머물기로 했다.

사라지지
않기
위한
싸움

나는 지나간 기억에서 완전히 벗어나 본 적이 없다. 다만 조금 멀어졌을 뿐이다.

도망치기만 하던 나는 이제 누군가의 생명을 붙잡는 어른이 되었다. 병실 의자에 앉아 아빠가 들이마시는 숨과 내쉬는 숨을 하나하나 세어보았다.

지금 이 순간이 마지막일지도 모른다는 생각이 늘 따라다녔다. 그래서 더 곁에 있고 싶으면서도 더 멀어지고 싶은 양가감정 사이에서 매일 마음을 붙들었다. 사랑은 나를 붙잡았

고 공포는 나를 밀어냈다. 주인 없는 핸드폰이 끝없이 울릴
지도 모른다는 상상만으로도 숨이 턱까지 차올랐다. 나는 아
무 일도 일어나지 않은 이 순간조차 온몸으로 붙들며 버텨야
했다.

전화를 받고 병원에 도착했을 때 아빠는 통증 때문에 소리
를 지르고 있었다. 우리는 함께 구급차를 타고 이동했다. 사이
렌 소리가 울리는 낯선 공간에서 떨리는 손을 아빠의 어깨에
조심스럽게 올려보았다. 체중이 나보다도 적게 나가던 아빠
의 몸이 느껴졌고 아직 온기가 남아있다는 사실에 안도했다.

전원해 간 병원에서 피투성이가 된 모습을 보았을 때도,
살아 있어 달라는 말은 끝내 입 밖으로 나오지 않았다. 나는
아무 말도 하지 못한 채 속으로만 소리쳤다.

아빠의 보호자로서 중환자실과 응급실의 문턱을 수없이
넘었다. 그 모든 순간마다 나는 많은 서류에 사인해야 했다.
살려야 한다는 의지인지 떠나지 말라는 바람인지 구분할 틈
도 없이 곁을 지켰다. 왜 내가 아빠의 생명과 관련된 선택을

해야 하는지 버거웠지만 살아야 할 사람 곁에서 끝까지 지탱하고 서 있어야 했다.

어느 날 아빠가 쓰러졌다는 연락을 받고 새벽 다섯 시에 혼자 고속도로를 달렸다. 울다가 소리 지르다가 손으로 입을 막으며 주행을 이어갔다.

아빠의 숨이 멎어가는 그 순간, 내 손이 그의 가슴 위에 있었다. 엠부를 눌러 숨을 다시 밀어 넣으면서도 내 마음은 그 속도를 따라가지 못하고 무너져 내렸다. 의식이 없는 중에도 나를 바라보던 눈은 이미 모든 걸 아는 것처럼 느껴졌다.

그 후로 아빠는 한참을 중환자실에서 보냈다. 의식이 잠시 돌아왔을 때 종이를 달라고 했다. 힘없이 쥔 펜으로 글씨 몇 자를 적었다.

'너무 힘들어요. 호스피스로 가고 싶어요.'

그 종이를 한참 동안 바라보았다.

하루는 간호사의 실수로 아빠의 인공호흡기가 빠지는 바

람에 기계가 요란한 알림음을 냈다. 나는 보호자임에도 소리를 질러야 했다. 어른에게 목소리를 높인 것은 그때가 거의 처음이었다. 다시 기계를 연결하고 괜찮아진 아빠를 확인한 뒤에야 미안한 마음이 들었다.

누군가를 지킨다는 건 두려움과 함께 살아가는 일이었다. 하지만 그 두려움 속에서 변한 것이 있었다. 예전엔 단순히 내가 살아남기 위해서 버텼다면, 이제는 누군가가 살아남을 수 있도록 버티고 있었다.

그날 밤에는 아무 일도 일어나지 않았다. 신기한 일은 일반실로 옮긴 뒤 잠을 거의 잘 수 없긴는데도 정신은 오히려 또렷해진 것이다. 지켜야 할 사람이 곁에 있었고 내가 필요하다는 사실은 나를 깨어있게 했다.

아빠의 회복을 지켜본 뒤 나는 차에 캐리어를 싣고 다시 집으로 내려갔다. 내 삶이 두 개의 도시를 오갔다.
병원과 연구실. 삶과 죽음.

책임져야 하고 지켜내야 하는 삶이 두 개 더 생긴 것이었다. 엄마마저 재발한 암과 싸우고 있어서 나는 넘어져 있을 여유가 없었다.

얼마나 아프고 힘들었는지 얼마나 울었는지 아무도 묻지 않았다. 그래서 다시 일에 집중할 수 있었다. 무관심이 오히려 고마웠다. 나는 아무 일도 없는 듯 연구를 하고 데이터를 정리했다. 쓰다 만 채로 남아있는 논문을 작성했다. 사실 보호자 침대에서도 읽고 있던 논문을 놓을 수가 없었다. 못 하겠으면 포기하라는 말이 돌아올까 봐 겁이 났다.

두 개의 삶에서 내가 사라지면 누군가의 삶도 흔들릴 수 있었다. 어느 쪽에서도 약해지지 않아야 했다. 내게 선택의 순간이 늘 따라왔다. 누가 대신해 줄 수 없는 상황에서 나는 자주 망설였다. 병원에서 나오던 날도 나는 연구실을 선택했다.

한 달에 30일 하루 14시간. 명절에 온 건물의 불이 꺼진 밤에도 내 책상 위 스탠드 불빛은 꺼지지 않았다. 그러나 그곳이 어디건 나를 기다리는 사람은 없었다.

투석하는 날이면 유난히 잠 못 들던 아빠에게 새벽 퇴근길에 전화를 걸었다. 이어폰을 넘어 들려오던 어렴풋한 목소리가 유일한 위로였다. 가끔은 선택 자체가 아니라 그 뒤에 이렇게 혼자 남겨지는 것이 무섭게 느껴졌다.

늦은 시간에 멀리 차를 두고 집까지 걸어가는 길은 늘 내게 가장 어려운 시간이었다. 문을 잠그고 차 안에 있다가 주변을 살폈다. 지나가는 사람이 없을 때 발소리도 들리지 않게 한 채로 쉬지 않고 달렸다.

아직도 나는 기억에 붙잡혀있었다. 시간이 지나면 잊게 될 거라는 말은 그때만큼은 사실이 아니었다.

대학원 졸업은 내 계획대로 이루어지지 않았다. 열심히 하면 될 줄 알았다. 하지만 타이밍도 중요했다. 논문이 완성되자 졸업을 하고 싶다고 지도교수님께 말씀드렸다. 그러나 한 학기가 연기됐다. 지금과 똑같이 조금 더 생활하면 될 일이었다. 그런데도 그 일은 내가 버텨온 시간을 부정당한 것처럼 느껴졌다.

집에 돌아와 불도 켜지 않고 내 침대 옆 차가운 바닥에 멍하게 앉아 있었다. 어느새 시간이 한참 지나있었다. 이런 모습을 보이지 않으려고 또 혼자가 되기로 하고 누군가 집에 돌아오기 전에 서둘러 방문을 닫았다. 지금 여기에 이르기까지 아무와도 상의하지 않고 결정했고 결국 모든 건 내 책임이었다.

돌아보면 쉬는 데는 죄책감이 따라왔다. 그래서 커피를 마셔도 연구실에서 마셨고 잠이 쏟아지면 책상에 엎드렸다. 잠시라도 손을 놓치면 다 잃어버릴 것 같았다.

나는 내 삶을 아빠의 보호자 역할과 연구실 생활로 빈틈없이 채워놓았다. 늘 마음이 바빴다. 오래된 친구들은 내게 서운함을 말했다. 내가 왜 웃으며 시간을 보내는 자리에 나가지 못했는지 이해하지 못했지만 설명하지도 않았다. 쉬는 순간 기억이 나에게 달려들 것이 분명했다.

하루를 무사히 보냈다는 안도감보다 또 하루를 견뎌야 한다는 생각에 잠이 오지 않을 때마다 침대에 누워 내일이 오지 않기를 바라기도 했다.

나는 기적처럼 살아난 게 아니라, 매일 새로 시작되는 싸움 끝에 여기까지 왔다. 누구도 인정해 주지 않았지만, 그 싸움은 하루도 빠지지 않고 이어졌다.

나는 누군가의 보호자였고, 딸이었고, 책임을 맡은 사람이었다. 모든 역할 속에서 나 자신은 가장 뒤로 미뤄두었지만 아쉬운 마음은 없었다.

그 시간 안에서 나는 스스로 강한 척하지 않았다. 누군가를 지키며 내가 아프다는 말은 꺼낼 틈이 없었다. 때로는 아빠만큼 몸이 아픈 것도 아닌데 나는 그런 말을 할 자격이 없는 것처럼 마음을 눌러버렸다. 슬픔을 느끼는 일도 나중으로 미뤘다. 그런데도 내 자리를 지키도록 몰아붙이는 상황이 오늘을 살아가게 했다.

가끔은 내가 너무 많은 역할을 떠안고 있다는 생각이 들었다. 나는 여러 개의 얼굴을 가지고 살고 있었다. 아무도 알아주지 않아도 나와 내가 지켜야 할 사람을 포기하지 않았다.

그 싸움은 끝난 적이 없었다.

3장 * 믿고 싶었던 세계가 무너지는 순간

두 세계의
경계에 서다

몸은 현재에
마음은 과거에

공포와
　사랑은
한 줄로
　연결되어 있었다

　사랑이라고 믿었던 순간마다 공포가 함께 있었다. 처음에
그 사람은 내 경계심을 빠르게 무너뜨렸다. 이내 나의 약점
을 정확히 알고 이용했다. 사랑은 나를 지켜주는 일이 되어
야 했다. 그러나 그 관계에서는 아니었다.

　그가 했던 말들은 아직도 내 안에서 반복된다.
"너는 쓰레기다."
"너 같은 애는 나니까 만나준다."

그런데도 나는 다시 믿어버렸다. 술기운이 가득한 그의 운전석 옆에 앉았을 때 오래전의 밤에 대한 기억들이 한꺼번에 쏟아졌다. 도망치지 못했던 그때가 겹쳐지면서, 도로는 과거의 밤처럼 느껴졌다. 나는 다시 그때로 돌아간 것 같았다. 처음인 것처럼 반복되는 공포 속에서 나를 붙잡기 위해 손에 힘을 주었다.

화가 나면 그는 벽을 주먹으로 내리쳐 손뼈가 부러졌다. 동료들에게 폭언을 퍼붓고 서류를 집어 던지는 일도 있었다.

하루는 도로에서 옆 차 운전자와 시비가 붙어 그 차가 우리의 목적지까지 따라오기도 했다. 차에서 내려 언쟁을 이어갔고 큰 싸움으로 번질 수도 있는 상황이었다. 누군가의 분노가 언제든 폭발할 수 있다는 걸 너무나 가까이에서 보아온 나는 그의 목소리만 높아져도 등 뒤가 서늘해졌다.

어느 날 그는 늦은 밤에 다른 여자와 나누던 대화를 내게 보여줬다. 그들의 온도는 연인들처럼 변해가고 있었다. 그때 깨달았다. 내 자리는 그 옆에 길게 드리운 그림자였고 나는 빛의 맞은편에 서 있었다.

눈물이 쏟아지며 목소리가 통제되지 않았다. 그의 목소리도 함께 높아지던 그때, 배 가장자리에 무거운 통증이 번졌다. 동시에 그가 던진 물건들과 폭언이 사방으로 날아다니며 나를 위협했다. 언제 다시 나를 향할지 모르는 것들 사이에서 몸을 웅크린 채 바닥의 어둠에 숨었다. 숨죽여 핸드폰의 녹화 버튼을 눌렀고, 심장은 화면 밖에서 요동쳤다.

문을 보자마자 달려 나갔다. 한겨울의 찬 바람을 그대로 맞으며 또다시 맨몸으로 도망치고 있었다. 10년 전쯤 그날처럼.
공중화장실 제일 마지막 칸에 몸을 숨겼다. 멈추지 않는 떨림을 어떻게 해야 할지 몰랐다. 밖에는 사람들이 있다는 걸 알면서도, 나는 울음소리를 애써 삼켰다.

주변 경찰서를 떠올렸지만 돌아섰다. 그의 앞날이 내 신고로 무너질까 봐. 폭력보다 그의 미래가 더 걱정되는 순간, 나는 내가 갇혀 있다는 걸 알았다.

상해진단서를 받으러 병원에 간 날이었다. 내 이름이 적힌 포스트잇을 가슴에 붙이고 카메라 앞에 섰다. 범죄자를 식별하는 듯한 셔터 소리가 찰칵거렸다. 사고 경위를 묻는 의사에게 낯선 사람이 갑자기 공격했다고 둘러댔다. 나를 지키는 일이 왜 이렇게 수치스럽고 힘들게 느껴지는지 그 이유를 내게 되묻게 되었다.

폭력이 지나간 뒤에도 나는 씻고 화장을 하며 평소처럼 지내려 노력했다. 부은 눈과 통증은 화장으로 가리기에 충분했다. 해야 할 일들을 떠올리며 주차장으로 향했다. 미뤄둔 연구와 읽지 못한 논문들이 나를 기다리고 있었다.

연구실 의자에 앉아 차가운 모니터 불빛을 바라봤다. 떨어지는 눈물을 삼켰지만 두려움은 목을 지나 가슴속으로 흘러내렸다. 그 모습을 들킬까 봐 칸막이 뒤로 몸을 깊숙이 숨기고 여러 번 화장을 고쳤다. 그러면서도 내 손은 데이터를 붙들고 있었다.

그는 2시간 거리를 달려와 1시간 내내 울며 용서를 구했다. 눈앞에서 그렇게까지 무너진 사람을 처음 보았다. 그는 나를 상처 낸 사람이면서 동시에 그 순간만큼은 세상에서 가장 약한 사람처럼 보였다.

그래서였을까. 그를 떠나면 내가 너무 쉽게 포기해 버린 나쁜 사람이 되는 것 같았다. 누구나 실수를 할 수 있다는 말을 반복하며, 나는 그를 설득하기보다 나 자신을 먼저 설득하고 있었다.

그는 가정폭력의 피해자라고 말했다. 술에 취해 가족들을 때렸던 아버지로부터 많은 상처를 받았다고 했다. 자신은 절대 그런 사람이 되지 않겠다고 내게 여러 번 다짐처럼 말했다. 그래서 나는 그를 이해하려 애썼다. 감싸는 쪽이 더 성숙한 거라고 배워왔기 때문이었다. 내가 한 번 더 넘어가 주면 그가 달라질 수 있을 거라고 믿었다.

그는 나를 좋은 식당으로 데려가거나 부드러운 말투로 배려하려 애쓰는 모습을 보이기도 했다. 그러나 다시 술에 취해 내가 뭘 잘못했냐고, 네가 뭐라도 되냐고 소리를 치는 순간마다 몸이 움찔했다. 그날이 다시 올 것 같다는 예감이 내 감정을 미리 눌러버렸다.

어느 순간부터 나는 술 냄새와 말투 하나에도 과거로 연결됐다. 술에 취한 어른들의 눈치를 살피며 내가 안전할 수 있는 방향을 찾던 순간들이 현실에서 반복됐다. 사람들의 표정이 바뀌면 심장이 뛰었고 출구를 찾았다. 나는 현재를 살면서도 몸은 늘 과거 쪽으로 기울었다.

그 사람의 손에서 온기가 사라질 때마다 사랑과 공포는 구분되지 않았다. 더는 버틸 수 없었다. 졸업 연기까지 겹치며 마음은 완전히 탈진해 있었다.

나는 화면은 없고 소리만 남아있는, 그날의 녹음파일과 상해진단서를 보냈다. 그리고 더는 연락하지 말 것을 요구했다. 다행히 그는 나를 붙잡지 않았다. 나를 그림자로 만들었던 그 여자에게로 향했다 해도 이제는 상관없었다.

그 모든 순간에도 나는 일상을 유지했고 연구실로 향했다. 괜찮은 척하며 피곤하다고 둘러댔다. 폭력은 나를 사라지게 하려 했지만 나는 반대 방향에서 버텼다.

그리고 어느 날 박사학위를 받았다. 아무도 박수하지 않았어도 그것은 생존한 내게 주어진 또 다른 이름이었다.

그날 이후 나는 도망치는 사람이 되지 않기로 했다. 그것은 두려움이 사라졌다는 뜻은 아니었다. 멈춰 서야 할 때마다 중얼거렸다.

"괜찮아, 지금은 안전해."

안전해지는 데는 시간이 필요했다. 그러기까지는 발소리에도 신경이 곤두섰다.

내 인생에 두 사람이 다가왔고 그 둘은 쉽게 아물지 않는 상처를 남기고 사라졌다. 폭력의 시간은 끝났지만, 내 안에는 공포의 기억과 함께 경계심이 남아있었다.

겉으로는 평범해 보이는 사람도 언제든 돌변할 수 있다는 생각이 따라왔다. 교수님이든 후배든 동료든 다르지 않았다.

갈등이 생길 것 같으면 공격받기 전에 먼저 물러섰다. 후회 가득한 눈물과 사과의 말조차 언제든 다시 뒤집힐 수 있을 것 같아서 나는 진심을 쉽게 믿지 못했다.

나는 안전하기 위해 사람들과 거리를 두었다. 떨어진 만큼 외로웠지만, 적어도 도망칠 시간은 벌 수 있었다. 상처받거나 버려지지 않기 위해 미리 한걸음 떨어져 있었다. 다정한 태도 앞에서도 언제든 돌아설 준비를 했다. 그것이 나를 냉정하게 보이게 하기도 했다.

사람을 믿지 않으려고 하지는 않았지만, 그 전에 확인해야 할 것이 많았다. 싫다는 표현을 해도 괜찮은 사람인지. 화를 쉽게 내지 않는 사람인지. 그것이 오랫동안 사람을 판단하는 기준이었다.

아무 일 없는 하루에도 이유 없는 긴장감이 몰려왔다. 사람들 앞에서는 괜찮아 보이고 싶어 불안을 감췄다. 표정을 관리하고 말의 속도를 조절했다. 그러다 혼자가 된 밤이면

피로가 한꺼번에 몰려왔다.

   지금 나는 현재와 과거의 경계에 서 있다. 예전처럼 무작정 도망치지는 않지만, 완전히 안심하지도 못한 채 머뭇거리고 있다. 다만 분명한 건, 이제는 공포가 이끄는 방향으로 내 걸음을 옮기지 않기로 한 것이다.

   사랑과 위협이 한 줄로 연결되어 있던 시간은 끝났다. 그 흔적은 남아있지만, 나는 그 자리에 오래 붙들려 있지 않으려 한다.

   이제는 공포를 사랑의 일부로 착각하지 않는다. 두려움 없이 함께할 수 있는 관계가 무엇인지, 나를 잃지 않아도 되는 쪽이 어디인지 배우며 걸어가고 있다.

과거가
현재로
스며드는
순간

끝난 줄 알았던 일들이 나를 흔들 때가 있다. 나는 이미 많은 것을 지나왔다고 생각했다. 결혼하고 아이가 생기고 가정을 꾸리면 적어도 외로움과 폭력에서 벗어난 삶이 시작될 줄 알았다. 하지만 현실에서는 또 다른 형태로 생존해야 했다.

세상은 나를 붙들어주지 않았다. 출산 후에는 서툰 육아로 하루가 무너졌다. 밤이 되면 아이는 울고 나는 울음을 삼켰다. 엄마인데 왜 이렇게 외로운 건지 아이를 안고 바닥을 보며 서 있다가 벽을 보며 주저앉다가 겨우 버티는 날들이었다.

한 번은 아이가 심하게 울며 보챘고, 나는 순식간에 과거로 돌아갔다. 도망쳐야 한다는 생각이 들면서 아이를 안은 채 밖으로 뛰쳐나왔다. 아파트 출구를 나서는 순간 발의 감각이 사라졌다.

갑자기 찾아온 기억 속에서 이미 지나간 줄 알았던 장면이 선명하게 겹쳐졌다. 과거로 돌아간 것이 아니라 지금 이 순간을 무사히 지나가야 했다. 나는 다시 집으로 돌아왔다. 두근거림은 가라앉았지만, 하루는 끝나지 않았다.

아빠는 투병을 계속했다. 몇 번이나 죽음의 문턱을 넘었고 그때마다 나는 가장이 되었다. 의사에게 묻고 치료를 결정하고 심폐소생술 거부 동의를 위한 서명까지 해야 했다. 아빠의 호흡이 멎을 때마다 내 호흡도 멎었다.

나는 아빠가 살아 있기를 원했고 나도 살아 있고 싶었다. 어떤 날은 차라리 모든 것이 끝났으면 좋겠다는 생각이 자연스럽게 스쳐 갔다. 생각은 곧 현실이 되어 나를 찌르는 가시처럼 남았다. 마지막 순간 푸르게 변한 손톱과 가만히 누운 채 흐려지던 눈동자는 지금도 쉽게 떠나지 않는다.

아빠의 시간이 서서히 줄어들던 몇 달 사이에 둘째가 태어났다. 그 애의 눈동자는 또렷하고 단단했다. 불러도 잘 돌아보지 않던 첫째와 달리 멀리서 불러도 고개를 돌려 정확히 나를 바라봤다. 웃고 손을 뻗고 기어오르며 온몸으로 세상을 향해 움직였다. 하나의 삶이 떠나가는 곁에서 다른 삶은 그렇게 시작되고 있었다. 그 작은 존재가 나를 이곳에 붙잡아 두었다.

그러나 그것이 곧바로 평온함으로 이어지지는 않았다. 시간은 멈추지 않고 흘러가고 있었지만, 밤이면 다시 과거가 떠올랐다. 떨림이 시작됐고 호흡이 짧아지면서 심장은 이유 없이 빨라졌다. 어떤 계기도 없었다. 건드리지 않아도 열려 버리는 문 같았다. 나는 답을 찾아보았지만, 짚이는 것은 없었다. 그래서 더 무서웠다.

아이를 안고 있어도 문에 그림자가 드리우면 나의 시간은 다시 뒤로 흘렀다. 꿈에서는 예식이 끝나지 않은 것처럼 나는 늘 옷을 입지 못한다. 쳐다볼 수 없는 사람들의 눈빛을 피해 화장실을 찾아 헤맨다.

그래도 아침은 또다시 찾아왔고 나는 연구실로 향했다. 조용히 일할 곳이 필요해 아무도 없는 토요일 오후를 골랐다. 익숙한 자리에 외투를 벗어두었고 정돈된 서류들이 아무 일 없는 듯 놓여있었다.

컴퓨터 전원을 켰고 모니터 두 대에서 번갈아 빛이 났다. 모든 것이 너무도 정상적으로 작동하고 있었다.

그런데 그 순간 내가 보고 있던 장면이 서서히 좁아지며 휘어지는 것 같았다. 숨이 막혀왔고 두근거리기 시작했다. 고개를 몇 번 세게 흔들었다. 원인을 찾으려고 주변을 둘러봤지만 모두 제자리에 있었다. 소음도 없었고 위험도 없었고 누군가 나를 보고 있는 것도 아니었다. 그런데도 불안은 이미 자리 잡고 있었다.

본능적으로 그곳을 벗어나고 싶어졌다. 하지만 이 공간에서는 그럴 수 없다고 내게 말하고 있었다. 눈을 몇 번이고 감았다 뜨기를 반복했다. 다시 모니터를 바라보자 화면 속 글자들이 서로 겹쳐 보였다. 불안이 커질수록 귀 안쪽이 먹먹해졌다.

예전에 나를 치료하던 의사의 목소리가 떠올랐다. 나는 의자에 앉은 채로 두 발을 바닥에 붙이고 숨을 길게 들이마셔 보았다. 천천히 내뱉으려 했지만, 마음은 이미 앞서 달려가고 있었다.

연구실에서의 공황은 집에서 겪던 것과는 달랐다. 아이를 안을 수도 없었고 소파에 몸을 던질 수도 없었다. 보이는 문을 모두 열 수도 없었다. 할 수 있는 일은 자리에서 일어서는 것뿐이었다. 이 시간을 빨리 지나가고 싶었다.

시간이 얼마나 흘렀는지 알 수 없었다. 시계를 볼 생각조차 나지 않았는데 숨이 조금씩 돌아왔고 심장은 천천히 속도를 늦췄다. 나는 이것을 해석하려 들지 않았다. 왜 하필 이곳이었는지, 왜 하필 이 시간인지 이유를 찾는 일은 도움이 되지 않았다.

　과거는 밤에만 열리는 문이 아니었다. 조용한 집에서만 흘러 들어오는 것도 아니었다. 아무 문제 없어 보이는 순간에도 예고 없이 열리고 만다.
　그래도 나는 어디에 있던 오늘을 살고 있다. 대단한 일은 아니지만, 그래도 하루를 무사히 마쳤다.

　위험을 감지하는 예민함은 나를 지켜주면서 동시에 쉬지 못하게 했다. 나는 가끔 설명할 수 없이 움직이고 있다는 걸 알게 되었다. 그 사실이 나를 더 조심스럽게 만들었다.

　살아남았다는 기쁨보다, 끝나지 않았다는 두려움이 더 크게 다가왔다. 닮은 사람은 하루에도 몇 번씩 나타났고 지금도 내 것들을 망가뜨릴 것 같았다. 그 공포를 지나오는 동안 내 마음은 온전히 쉬지 못했다.

겉으로 보기에 나는 평범한 마흔처럼 보인다. 하지만 이 정상성은 끝없이 흔들리는 수면 위에 올려놓은 발처럼 움직이고 있었다.

아이가 티브이를 보며 춤을 출 때도, 운전하는 내 뒤에서 아이와 할머니가 노래를 부를 때도, 아쿠아리움에서 함께 수중발레를 보다가도 불안은 불쑥 찾아왔다. 그리고 그다음에야 생각이 따라왔다.

나는 거짓말을 하는 것은 아닌지 나 자신에게 묻는다. 때로는 너무 괜찮기도 하고 멀쩡해 보이기까지 한다. 오늘은 정말 다 지나간 것 같다고 느껴지는 날도 있다. 그러다 아무렇지도 않은 계절 하나에 무너진다. 사람들은 모른다. 의사도 가족도 남편도 다 모른다.

그래도 이제는 내 목소리를 들으려는 사람이 있다는 걸 안다. 그 사실 하나로 외로웠던 지난 시간이 모두 내 탓만은 아니었다는 걸 받아들일 수 있게 되었다.

나의 하루는 눈에 보이는 평온함과 그 아래의 불안이 함께 있었다. 연구실에서 가끔 나는 다시 화장실을 찾고 제일 끝 칸에서 숨을 고른다. 누구나 이렇게 아무 일 없는 하루를 살면서도 아무도 모르는 싸움을 하고 있는지도 모른다. 나는 그런 하루들을 지금도 계속 쌓아 가고 있다.

그것은 극복이 아니었다. 나는 여전히 현재를 떠나지 않았고 이곳에서 자리를 지키고 있었다. 용기를 내는 일도, 도망치지 않겠다고 마음먹는 일도 아니었다. 단지 오늘을 끝까지 지나가는 일이었다.

과거가 스며든다는 것은 기억이 선명해지는 일이 아니었다. 오래된 일은 오히려 그 장면이 흐릿해 자세히 떠오르지 않을 때도 있다. 이상한 건 더는 도망치고 있지 않은 조용한 집 안에서도 가족들 곁에서 여전히 불안해진다는 사실이었다.

아이를 재우고 불을 끈 뒤에도 나는 쉽게 잠들지 못한다. 눈을 감으면 오늘의 장면과 오래된 기억이 뒤섞인다. 지금의 내가 과거를 붙잡고 있는 건지 과거가 나를 놓지 않는 건지 알 수 없는 시간이다. 과거가 다시 고개를 들 때마다 나는 이겨내려고 하지 않았다. 단번에 벗어나려고 하지도 않았다. 다만 현재로 돌아오는 길을 잃지 않으려고 했을 뿐이었다.

누군가를
지키며
나를
되찾았다

3

사람들과 함께 있어도 나는 늘 혼자였다. 혼자 있을 때가 가장 안전하다고 믿었다. 과거는 이미 현재를 흔들고 지나갔지만, 그 여파가 완전히 가신 것은 아니었다.

그런데 내게 지켜야 할 누군가가 생겼다. 나는 어린 나를 떠올리며 이 아이만큼은 끝까지 지키겠다고 마음먹었다. 작고 연약한 숨을 바라보며 아이도 언젠가 나처럼 밤을 두려워하게 될까 하는 의문이 들었다.

엄마가 된다는 것은 새로운 사랑을 배우면서도 오래 숨겨

두었던 공포와 마주하는 일이었다.

아이는 나를 가장 먼저 믿어준 존재였다. 울음을 멈추게 해달라며 나를 온 마음으로 찾았고, 여린 손가락을 내 손바닥에 쥐여 주었다.

나는 한때 기대어 울 수 있는 어른이 없던 아이였는데 어느새 누군가의 전부가 되어 그 아이를 품고 있었다. 아이는 내 안에 열려있던 문들을 하나씩 닫아주었다. 그래도 기억은 여전히 그 자리에 남아있었다.

아이를 데리고 처음 병원에 갔던 날이었다. 대기실 의자에 앉아 아이를 안고 있었는데 문 너머에서 들려오는 울음소리에 손이 움켜쥐어졌다. 아이는 아무것도 모른 채 잠들어 있었지만, 진료실 문이 열리고 닫힐 때마다 나는 그 자리를 벗어날 수 없다는 사실을 계속 의식하고 있었다. 아이와 함께 있으면서도 내가 여전히 과거의 방식으로 상황을 바라보고 있다는 것을 그때 알았다.

이제는 함께 살아보기로 했다

외출할 때마다 나는 아이 손을 꼭 잡고 놓아주지 않았다. 사람이 많은 곳에서는 아이를 내 쪽으로 바짝 당겼고, 주차장에 들어서면 사방을 한 번 더 살폈다. 아이의 발걸음이 잠시라도 늦어지면 나의 시선은 곧장 출구를 향했다.

아이가 커가면서 늘 내 몸에 붙여둘 수는 없었다. 그러나 경계하는 태도는 역할이 바뀌어도 쉽게 사라지지 않았다. 짧은 거리와 잠깐의 공백에도 나는 이미 대비하는 쪽으로 움직이고 있었다. 아이를 지키는 일은 침착함만으로 이루어지지 않았다. 그 순간마다 몸이 먼저 반응했다.

보호한다는 것은 두려움을 안은 채 앞에 서는 일이었다. 그 두려움은 나를 예민하게 만들었다. 나는 아이를 감싸며 동시에 오래된 나를 끌어안고 있었다. 나 자신을 놓치지 않으려는 의지에 더 가까웠다.

아이 앞에서 처음으로 목소리를 높인 날이 있었다. 아이가 가게에 장난감을 두고 나왔다. 나는 유리문 앞에 서서 아이를 바라보며 얼른 다녀오라고 했다. 아이의 손에 장난감이 들려 있는 것이 보였고, 그다음 순간 아이는 아주 잠깐 내 시야 밖으로 미끄러졌다. 그 짧은 시간 동안 숨도 시간도 멈춘 듯했고, 아이가 다시 나타난 뒤에도 몸은 한참 동안 진정되지 않았다.

나는 아이를 붙잡고 집요하게 물었다. 아이는 주인 할아버지가 볼 뽀뽀를 해 달라고 했다고 말했다. 그는 평소에도 아이에게 농담을 건네던 노인이었다. 돌아보면 아이는 그 요구에 응하지 않고 자리를 벗어났다. 그런데도 내 입에서는 생각보다 단호한 말이 나왔다. 아이가 혼자 있었던 그 짧은 시간과 공간을 떠올리자 차분함이 사라졌다.

할머니는 아이가 곧 일곱 살이 되니 혼자 엘리베이터를 타도 된다고 했다. 하지만 나는 그 장면을 머릿속에서 끝까지 떠올릴 수가 없었다. 걱정을 넘어서서 내 안에서는 불안이 자라고 있었다. 그러나 이제 그 불안은 외면하지 않고 마주해야 할 것이 되었다.

아이가 잠들고 핸드폰 액정의 불빛과 적막만 남은 어두운 거실 소파 위에서 오늘을 살아냈음에 안도한다. 그제야 붙들고 있던 힘이 느슨해지며 내 몫의 감정이 밀려온다.

아이 앞에서는 버티고 서 있기 위해 힘을 주었는데, 혼자가 된 시간에는 어깨를 조금 내려놓을 수 있었다. 예전과 다르다고 믿고 싶으면서도, 나는 여전히 그 방식으로 하루를 살아내고 있었다.

조금 전까지 나는 작동하는 사람이었는데, 스위치를 끄자 진짜 모습만 남았다. 그렇지만 이번에는 끝까지 혼자가 아니었다. 손만 뻗으면 닿는 곳에 아이가 있었다.

진료실에서 상담하며 이렇게 말했었다.
"이제는 살고 싶어요."
그게 전부였다. 완벽한 보호자가 되겠다는 다짐은 하지 않았다. 다만 도망치지 않기로 했다. 늘 숨기 바쁘던 이전의 나와는 다른 선택이었다.

나는 왜 그런 생각을 했을까. 예전에는 나를 비난했지만,

이제는 지켜야 할 사람이 있기 때문이라고 스스로 답했다.

　차곡차곡 쌓여 있던 두려움은 아이의 숨결을 따라 조금씩 흩어졌다. 아이를 바라볼 때마다 나는 배웠다.
　울어도 괜찮다. 불안해도 괜찮다.
　나는 살아 있었고 끝없이 버텼다는 걸 아이가 알려주었다.

　아이가 다쳤던 날, 나는 운전대를 놓치지 않으려 손에 힘을 주었다. 괜찮다며 아이를 안심시켰지만, 말은 앞서가고 몸은 따라오지 못했다. 무너지고 싶은 마음을 뒤로 미루고 응급실 불빛 아래로 뛰어 들어갔다. 밤에도 낮처럼 분주한 그곳에서 날카로운 울음소리와 소독약 냄새가 끊임없이 스쳐 갔다. 아이에게 옆자리에 다쳐 누워있는 환자가 보이지 않도록 커튼을 치고 재웠다. 그리고 모든 것이 끝날 때까지 나보다 더 지쳐있었을 아이 곁을 지켰다.

　아이가 수술을 받던 날이었다. 수술복을 입고 수술 모자를 쓴 채, 일회용 신발을 신고 수술실 쪽으로 함께 들어갔다. 아이는 내게 기대 누운 상태로 마취 주사를 맞았다. 축 늘어지는 모습을 보는 순간 눈물이 울컥했다.

아이가 잠들고 다시 깨어날 때까지 나는 보호자 대기실에서 한 번도 자리를 떠나지 않았다. 바이털 모니터를 바라보며 일정하게 이어지는 심장 소리에 안도했고, 눈을 뜨자마자 아이는 나를 찾았다.

아이의 손을 잡고 과거의 나를 뒤에서 붙든 채 나는 매일 조금씩 걸음을 옮겼다. 여전히 불안했지만 도망치지 않았다.

나는 천천히 내 곁의 사람들을 믿고 나를 의심하지 않는 법을 배우고 있다. 앞으로만 걷게 되는 일은 없었다. 때로는 멈춰 서서 숨을 골랐다. 그런 시간들이 상담을 받기 시작한 뒤로 하나씩 생겨났다. 울지 않으려 애썼지만, 문을 나서는 순간 의지가 무너지기도 했다. 나는 자주 주차장에서 멍하게 앉아 있었다.

회복으로 향하는 모든 순간은 나를 조금씩 현재로 옮겨갔다. 이전의 나는 나를 숨기고 피해야만 살아남을 수 있었다.

하지만 지금의 나는 지켜야 할 손을 놓지 않았다.

나를 지키지 못했던 시간이 되살아나기도 했다. 그러나 나는 그 자리에 오래 머물지 않았다. 내 발은 아주 느리게 앞으로 움직이고 있었다.

어떤 날은 깊은 우울감이 설명도 없이 가슴에 차올랐다. 아이의 얼굴을 보다가 불쑥 눈물이 흐르기도 했다. 과거의 나와 현재의 나 사이에서 나는 한참을 생각했다. 나는 지금 어떤 사람이 되어가고 있을까. 그 질문을 품은 채 오늘을 건넜다.

"엄마, 같이 가."

아이가 나를 부르는 소리가 들릴 때마다 그 한마디에 내가 지금 여기에 있다는 사실을 실감했다. 나는 아이에게 안전도 사랑도 부족하지 않은 세상을 알려주고 싶었다. 아무 일도 일어나지 않는 하루와 잠들기 전에 문을 몇 번이나 확인하지 않아도 되는 밤이 되게 해주고 싶었다. 그러려면 불안을 숨기는 것이 아니라 내가 서 있는 이곳이 안전하다는 느낌이

이제는 함께 살아보기로 했다

필요했다.

아이를 지키는 하루는 언제나 완벽하지 않았다. 놀이터에서도 괜한 걱정으로 아이를 답답하게 했고 괜찮은 순간에도 앞서 걱정했다. 그럴 때면 나는 아이를 이유로 나를 몰아붙이지 않으려고 애썼다.

아이와 함께 지내며 알게 된 것은 보호가 언제나 긴장만으로 이루어지는 것은 아니라는 사실이었다. 위험을 먼저 상상하거나 앞서 대비하지 않아도 되는 짧은 시간이 아주 조금씩 생겨났다. 아이와의 시간에 집중해 걷다 보면, 주변을 살피지 않는 순간이 찾아오기도 했다. 아이가 웃으며 앞서 걸을 때, 언제든 끌어당길 준비를 하지 않은 채로도 잠시 등 뒤에서 바라볼 수 있게 되었다.

이런 변화는 너무 작아서 처음에는 알아차리기 어려웠다. 다만 모든 상황을 통제해야 한다는 생각에서 내가 조금씩 벗어나고 있다는 느낌이 들었다.

나는 이제 아이의 느린 걸음을 함께 걸으며 사소한 것에 머물러도 보고 지금의 나를 믿어보고 싶어졌다.

일상을
버티는

기적

4

처음 진료실에서 떨리는 손으로 내민 메모에는 기억의 조
각들이 정돈되지 않은 채 뒤섞여 있었다. 심장 소리가 너무
크게 들려 손톱을 만지작거렸다.

내가 겪은 일이 심각한 일이었다는 의사의 말에 나는 조심
스럽게 과거의 감정으로 한발 다가섰다. 이번에는 혼자가 아
니라 함께였다. 선생님은 사건의 자세한 내용을 묻지 않았
다. 대신 지금 내가 겪고 있는 불안을 함께 다루고 싶은 마음
이 느껴졌다.

감정이 올라오는 날에 그 무게를 점수로 매기고 이유를 짧게 적어보라고 했다. 쌓여가는 기록들은 생각보다 자주 과거의 그들과 닮은 모습에 놀라는 나를 보여주고 있었다. 생생하게 반복되는 꿈과 함께였다.

"재경험을 하고 있네요."

불안이 때때로 폭주한다는 말에 선생님은 또다시 물었다.

"어떤 상황이었나요?"

숨을 들이켜는 순간에도 가슴이 얼얼했다. 진료실의 공기는 모든 것이 잠시 멈춘 듯 고요했고 블라인드 사이로 스며든 햇살이 눈에 닿아 아릴 정도였다. 따뜻한 온기와 불편하지 않은 침묵이 나를 붙잡아주었다.

나는 조심스럽게 대답했다.

"이 계절이었어요. 낙엽이 굴러다니고 차가운 바람이 불던 그때와 비슷했어요."

"비슷한 감정을 느끼면 몸에서 반응이 나타날 수 있어요."

나는 천천히 고개를 끄덕였다.

이제는 함께 살아보기로 했다

상담 시간은 20분이었다. 그 시간만큼은 내가 안전하다고 느낄 수 있었다. 문을 열고 들어가 말하고 숨을 고르고 나올 때면 다시 혼자가 되는 기분이 들었다.

진료실 밖에서는 아무도 지금 내가 어떤 상태인지 묻지 않았다. 치료받고 있다는 사실은 일상 속에서 거의 보이지 않는다.

하루는 늘 비슷하게 흘러간다. 아침이 오면 아이를 깨우고 분주하게 옷을 입히고 머리를 묶어주며 말을 건다. 킥보드에 오르는 아이를 보며 조심하라고 소리친다. 겉으로 보면 아무 일도 없는 하루다. 하지만 몸 어딘가에서는 경보가 울린다. 이웃집의 문 닫히는 소리나 낯선 사람의 시선에도 두근거리기 시작한다. 병원에 가는 길에도 지하 주차장과 엘리베이터에서 몇 번이나 주위를 살피며 대비한 채로 이동했다.

어두운 밤이면 몇 걸음만 가면 되는 편의점까지 가는 길이 멀게만 느껴졌다. 외투를 입고 카드를 집어 들었다가 신발장 앞에서 돌아선 적도 있다. 사람들은 모르는 작은 포기들이 지금도 일상에 조용히 쌓인다. 나는 그것을 실패라고 부르지 않는다. 오늘을 살아가기 위해 방향을 조금 틀었을 뿐이었다.

어느 날 밤이었다. 거실엔 아무 소리도 없이 흐린 조명만 남아있었다. 숨을 크게 들이쉬어도 공기는 절반밖에 들어오지 않았다. 위험도 없이 불안이 앞섰다. 왜 그런지 이해하는 데는 늘 시간이 필요했다.

그 모습을 남편에게 들키지 않으려고 아무 말 없이 소파에 누워 양팔을 감쌌다. 내 표정이 보이지 않을 만큼 어두워서 다행이었다. 그래도 나는 그날 그 시간을 끝까지 떠나지 않았다.

몇 주 동안 상담을 하다 보니 달라진 것이 있었다. 예전에는 증상이 시작되면 제발 무사히 지나가 주기만을 바랐다. 쏟아지는 비가 그칠 때까지 그 비를 다 맞고 서 있어야 했던 시간이었다. 실제로 선생님의 물음에도 나는 그렇게 대답하곤 했다.

하지만 이제는 새로운 방법을 배웠다. 종이 위에 초록색

이제는 함께 살아보기로 했다

동그라미가 그려졌다. 되돌아갈 위치가 되어주는 작은 표식이었다.

양팔을 교차해 감싸안거나 두 발로 땅을 디딘 채 무릎을 번갈아 두드리는 동작을 연습했다. 처음에는 그 간단한 일조차 쉽지 않았다. 특히 공황 증상이 올 때면 숨을 쉬는 데에만 집중하기에도 버거웠다.

방법을 배우는 것과 괜찮아졌다고 말할 수 있는 것은 달랐다. 사람들에게 내 상태를 말하기는 여전히 어려웠다. 몰아치는 감정은 가라앉았지만, 끝나지 않은 것들이 있었고 좋아졌다고 말하기에는 아직도 과거가 종종 문을 두드렸다. 진료실에서 나눈 이야기들은 문을 열 때나 전화를 받을 때, 엘리베이터 문이 닫힐 때마다 다시 시작되었다.

가끔 밤이면 문 앞까지 걸어가 본다. 문고리를 잡고 그대로 서 있다가 열지 못하고 돌아설 때도 있고 문을 열고도 두려움이 따라오는 날도 있다. 세상은 이미 괜찮다고 말하지만 내 안의 시간은 아직 그 자리에 머물러 있다. 공포는 오래도록 말없이 나와 함께 살아왔다.

혼자일 때 가장 안전하다고 믿었다. 그건 슬픈 방식의 생존이었다. 사람 곁에 서면 나는 늘 경계 태세가 되었다.

사람들은 말한다.

"그런 일은 누구에게나 있어."

하지만 누구에게나 있다고 해서 아픔이 덜해지는 것은 아니었다. 아픔의 크기는 견뎌낸 사람의 시간으로 측정된다. 그리고 그 시간이 지금의 나를 만들었다는 것은 부정할 수 없다.

나는 선생님께 말했다. 가끔은 화가 난다고.

시간이 이렇게 많이 지났는데도 왜 아직 이런 상태에 머물러야 하는지 의아했다. 나는 이만큼 멀리 왔는데 기억은 여전히 그 자리에 남아 나를 당기고 있었다.

선생님은 이제는 혼자가 아니고, 머물러도 되는 이곳이 있다는 사실을 다시 말해주었다. 혼자 고민하지 않아도 된다는 말이 마음을 조금 내려놓게 했다.

나는 하루에도 몇 번이나 두 세계를 오간다. 불안과 과거가 파도처럼 몰려올 때면 나는 압도당하는 쪽이었다. 그래서 진료실 밖에서도 같은 연습을 이어간다. 과거가 아니라 지금으로 돌아오기 위해서다.

회복은 완성되는 일이 아니었다. 하루를 살아내고 다시 하루를 선택하며 여기까지 왔다. 나는 누군가를 지키며 다시 나를 데리고 살고 있다.

약을 먹는다는 말은 의존하거나 의지가 약한 사람처럼 보일까 봐 여전히 겁이 난다. 하지만 기억이 감당하기 버겁게 짓누르고 두근거림도 숨 가쁨도 노력으로 바꿀 수 없을 때가 있다. 그럴 때 불안을 낮춰줄 수 있는 동그랗고 작은 약을 먹는다. 그 선택에는 죄책감이나 부끄러움은 필요하지 않다는 걸 배웠다.

그것은 나를 고치기 위한 결정이 아니라 오늘을 건너가기 위한 도구였다. 내가 지켜야 할 아이들과 함께 지금을 살아내겠다는 약속이었다.

숨이 턱 막힐 때면 손에 닿는 감각으로 자신을 붙잡았다.

컵의 표면, 식탁의 모서리, 아이의 체온.

현실은 공포가 불러낸 과거보다 조금은 따뜻했다. 과거의 나는 등을 보이며 숨었고, 지금의 나는 앞을 보며 걷기로 했다. 이런 순간들은 조금씩 나를 바꾸고 있었다. 그렇게 나는 여전히 삶을 다시 배우고 있었다.

균형을 잡으려 애쓰는 대신 넘어지지 않기 위해 천천히 나아간다. 완치되지 않을 수도 있다는 사실을 이제는 다르게 받아들인다. 과거와 현재가 몸 안에서 부딪힐 때도 있지만, 나는 그 자리에 머무르지 않으려 한다.

아픔은 완전히 사라지지 않았다. 대신 그것을 끌어안고 일상을 이어갈 수 있게 되었다. 나를 지켜낸 건 결국 나였다. 과거와 현재가 겹쳐질 때 나는 지금 어느 세계에 서 있는지 묻게 된다. 이제는 그것을 선택할 수 있는 방향으로 조금씩 움직이고 있다. 고쳐진 사람이 아니어도 다시 돌아올 수 있다면 그걸로 충분하다.

살고 싶지 않았던 수많은 순간에도 버텼고, 넘어졌지만 다시 기어올랐다. 두 아이를 품고 여기까지 왔다. 흔들리면서도 버텨낸 시간은 마흔의 내가 포기하지 않고 지나온 날들의 기록이었다.

　하루는 별일 없이 살아낸 것만으로도 기적이다. 나는 상처 속에 머무는 사람이 아니라, 상처를 데리고 걸어가고 있다. 오늘을 어떤 마음으로 버텨냈는지, 보이지 않는 기적들은 어디에서 나를 지켜주고 있었는지 조용히 돌아본다.

공포 속에서 자란 아이가
누군가를 지키는 어른이 되었다

나는 살아남았고
살아내고 있다.

나는 아직도 완전히 안전한 사람이 아니다. 문이 닫히는 소리나 낯선 발걸음 앞에서 말보다 움직임이 앞서고, 잠시 숨을 고르게 된다.

　공포는 사라지지 않았다. 다만 예전처럼 나를 전부 데려가지는 못한다.

　치유란 과거를 지우는 일이 아니라 오늘을 선택하는 일이라는 것을 이제는 안다.

　어릴 적의 나는 지켜줄 어른을 기다리며 하루를 버텼다. 그러나 끝내 아무도 오지 않았다. 그래서 스스로 문을 잠그

에필로그 * 공포 속에서 자란 아이가 누군가를 지키는 어른이 되었다

는 법을 배웠고 숨는 연습을 했고 나를 작게 만들었다. 아이였던 나는 세상이 안전하다는 말을 들어본 적이 없다.

어른이 된 지금도 나는 흔들린다. 좋아진 날과 무너지는 날이 반복된다. 괜찮다고 말하다가도 다시 숨이 차오르고, 다 지나간 일이라고 다독이다가도 기억은 몸을 과거로 데려간다.

그러나 이제 나는 혼자가 아니다. 아이를 키우며 처음으로 지켜야 할 세상을 만났다. 지킨다는 것은 두려움을 안은 채 앞에 서는 일이라는 것도 알게 되었다.

나는 완벽한 엄마도 완전히 회복된 어른도 아니다. 때로 아이에게 날카로워지고 밤이 되면 말없이 소파에 앉아 오래 멍해진다. 그래도 아이의 손을 잡고 길을 건널 때나 밤마다 이불을 덮어줄 때, 안전하지 않은 느낌이 다시 들더라도 도망치지 않기로 선택한다.

내가 기록해 온 과거는 아이의 엄마가 된 지금의 나를 이루는 한 부분이다. 상처를 지우려 애쓰기보다, 그 상태로 하루를 살아내는 방법을 배워가고 있다.

나는 지금도 두려움 속에서 산다. 그러나 두려움에만 살고 있지는 않다. 그 모든 시간을 지나온 뒤에야 나는 아직 서 있다는 걸 알게 되었다. 그것은 계속 살아온 기록이었다.

나는 살아 있는 사람이고 지금도 살아내는 사람이다. 누군가에게는 안전한 어른이 되기 위해 오늘도 천천히 걷는다. 아이가 잠든 밤 예전의 나는 어둠 속에서 귀를 세우며 문 쪽을 바라보았지만, 지금의 나는 불을 켜고 잠든 아이를 확인하고 다시 자리에 눕는다. 그 차이가 내가 여기까지 걸어왔다는 의미였다.

아이는 나를 앞에서 이끌고 나는 어린 나를 뒤에서 감싸며 우리는 함께 걷고 있다.

나는 기적처럼 나아지지 않았다. 대신 오늘을 포기하지 않은 날들이 조용히 쌓여왔다. 그 하루들이 지금의 나를 여기까지 데려왔다.

에필로그 ◦ 공포 속에서 자란 아이가 누군가를 지키는 어른이 되었다

균형을 잡으려 애쓰는 대신 넘어지지 않기 위해 천천히 나아간다.
완치되지 않을 수도 있다는 사실을 이제는 다르게 받아들인다.
과거와 현재가 몸 안에서 부딪힐 때도 있지만,
나는 그 자리에 머무르지 않으려 한다.

나는 기적처럼 나아지지 않았다.
대신 오늘을 포기하지 않은 날들이 조용히 쌓여왔다.
그 하루들이 지금의 나를 여기까지 데려왔다.

"나는 알 수 있어.
네 삶이 슬픈 이야기가 아니라는 사실을
알게 될 순간이 올 거라는 걸."

- 영화 〈월 플라워〉 중에서

고난이 있을 때마다
그것이 참된 인간이 되어 가는
과정임을 기억해야 한다.

- 괴테

사람들은 자기가 친구나 이웃보다 불행하다고 한탄한다.
이는 자신이 행복함을 깨닫지 못하고 하는 말이다.
행복은 누가 가져다주는 것이 아니라
스스로 찾아야 함을 알아야 한다.

- 도스토엡스키